호르헤 루이스 보르헤스

Jorge Luis Borges

1899년 아르헨티나의 부에노스아이레스에서 태어났다.
정규 교육 대신 영국계 외할머니와 가정교사에게 교육을 받았으며,
어려서부터 놀라운 언어적 재능을 보였다. 1919년 스페인으로 이주,
전위 문예 운동인 '최후주의'에 참여하면서 본격적인 문학 활동을
시작한 그는 부에노스아이레스에 돌아와 각종 문예지에 작품을
발표하며, 1931년 비오이 카사레스, 빅토리아 오캄포 등과 함께
문예지 《남부(Sur)》를 창간, 아르헨티나 문단에 새로운 물결을
가져왔다. 한편 아버지의 죽음과 본인의 큰 부상을 겪은 후 보르헤스는
재활 과정에서 새로운 형식의 단편 소설들을 집필하기 시작한다.
『픽션들』(1944)과 『알레프』(1949)로 문단의 주목을 받으며
세계적인 명성을 얻기 시작한 그는 이후 많은 소설집과 시집,
평론집을 발표하며 문학의 본질과 형이상학적 주제들에 천착한다.
아르헨티나 국립도서관 관장으로 취임한 후 부에노스아이레스
대학에서 영문학을 가르쳤다. 1980년에는 세르반테스 상,
1956년에는 아르헨티나 국민 문학상 등을 수상했다.
1986년 마리아 코다마와 결혼했고 보르헤스는 그 해 6월 14일
제네바에서 사망했다. 코다마는 유일한 상속인으로서
재혼하지 않은 채 보르헤스 국제 재단을 설립하고 그의 작품을
관리하는 데 여생을 보냈다.

탱고

네개의 강연

El tango

일러두기

옮긴이가 단 각주는 내용 끝에 (옮긴이 주)를 표기했다.

호르헤 루이스 보르헤스

탱고

네 개의 강연

민음사

송병선 옮김

EL TANGO

by Jorge Luis Borges

차례

편집자의 말

2002년 스페인 작가 베르나르도 아차가[1]는 이 책을 탄생시킨 녹음테이프를 입수했다. 호세 마누엘 고이코에체아는 그에게 카세트테이프 몇 개를 포장지에 말아 건네주면서, 어렸을 때 스페인으로 갔다가, 나중에 독일에서 음악 제작자(2008년에 사망한 마누엘 로만 리바스였다.)로 일한 어느 갈리시아 사람에게서 받은 것이라고 설명했다. 이 음악 제작자는 부에노스아이레스에서 그 카세트테이프를 가져왔고, 우정에 대한 감사의 의미로 고이코에체아에게 선물했다는 것이다. 아차가는 그 자료를 듣고서 그것을 디지털화했는데, 유명한 보르헤스의 전기 『보르헤스: 하나의 삶』(2007)의 작가 에드윈 윌리엄슨이 그 강연 혹은 대담에 관해 쓴 것을 보고, 그 테이프의 출처가 확실하고 신빙성 있다는 것을 확신했다. 윌리엄슨에 따르면, 1965년 9월 30일 자 《라 나시온》 신문은 여섯 페이지에 그 대담의 홍보 기사를 실었다. '호르헤 루이스 보르헤스, 탱고 주제에 관해 말할 예정'이라는

1 Bernardo Atxaga(1951~). 스페인의 소설가로 바스크어와 스페인어로 작품 활동을 하고 있다. 현대 바스크 문학의 대표 작가이며, 대표 작품으로는 『오바바 마을 이야기』, 『아코디언 연주자의 아들』이 있다.(옮긴이 주)

제목의 그 기사는 "10월 매주 월요일 저녁 7시에 헤네랄 오르노스 거리 82번지 건물의 1층 아파트 1호"에서 강연회가 열릴 것이며, 거기에서 "탱고의 기원과 변천, '콤파드리토',[2] 금세기 초의 리오데라플라타, 탱고와 기타 파생된 것들에 대해 말할 것"이라고 알리고 있었다. 마침내 2012년에 아차가는 바스크어 왕립 아카데미에서 발행하는 잡지 《에를레아》에 그 카세트테이프에 얽힌 이야기를 발표했다. 그리고 2년 후 오랜 친구이자 작가이며, 마드리드 '독자의 집' 소장인 세사르 안토니오 몰리나[3]에게 보내면서, 그것들을 맡길 테니 가능한 한 널리 홍보해 달라고 부탁했다. 세사르 안토니오 몰리나는 즉시 오랜 친구인 마리아 코다마[4]와 대화를 나누었고, 그녀는 이 일을 몰랐다고 말했다. 세사르

2 '콤파드리토'는 아르헨티나와 우루과이에서 변두리에 사는 서민을 지칭하며, 19세기 중반에 탄생한 용어다. '콤파드리토'는 탱고와 밀접한 관계가 있는데, 이 장르를 만든 주인공 중의 하나이기 때문이다. 그들은 정장을 입고 모자와 목도리를 하고서 단도를 지니고 다녔으며 밤에는 탱고를 추었다.(옮긴이 주)

3 세사르 안토니오 몰리나 산체스(César Antonio Molina Sánchez, 1952~). 스페인의 작가이며 번역가, 대학교수. 2004년부터 2007년까지 세르반테스 문화원 원장을 역임했고, 2007년부터 2009년까지 문화부 장관을 지냈다.(옮긴이 주)

4 María Kodama(1937~). 아르헨티나의 작가이며 번역가. 호르헤 루이스 보르헤스의 미망인이다.(옮긴이 주)

안토니오는 부에노스아이레스로 녹음테이프 사본 한 부를 보내서 들어 보라고 했다. 몇 주가 지난 후, 보르헤스의 미망인은 그것이 정말 보르헤스의 것이 맞다고 확인해 주었다. 그리고 '독자의 집' 소장과 마리아 코다마는 그녀의 마드리드 첫 여행 기간에 기자 회견을 열어 이 일에 대해 말하기로 합의했다. 마침내 2013년 11월 4일에 기자 회견이 열렸으며(아차가는 화상 회의로 참여했다.), 국내 언론뿐만 아니라 전 세계의 기자들, 특히 라틴아메리카 기자들이 참석하여 성황을 이루었다. 그 순간부터 출판 여정이 시작되어 오늘날 이 책이 독자와 만날 수 있게 되었다. 세사르 안토니오 몰리나는 이렇게 말한다. "이 모든 여행은 현재의 우리 라틴아메리카 공동체가 어떤 것인지 상징적으로 보여 줍니다. 어느 갈리시아 사람이 아르헨티나 사람의 말을 녹음하고, 그 갈리시아 사람이 녹음테이프를 바스크 사람에게 건네주었으며, 바스크 사람은 그것을 다시 다른 갈리시아 사람에게 건네주어 마침내 모든 시대를 통해 가장 위대한 문학 스승 중의 하나인 아르헨티나 사람의 기록물이 빛을 보게 된 것입니다."

이 책의 본문 최종 교정과 목차, 그리고 주석은 마르틴 아디스의 세심한 작업에 빚을 지고 있음을 밝힌다.

첫 번째 강연

탱고의 기원

에바리스토 카리에고

가우초와 탱고 :
아르헨티나 역사의 상징

비센테 로시와
『흑인들의 음악 세계』

휘트먼의 언급

마르셀로 델 마소의
「탱고 삼부작」

옛 부에노스아이레스의
모습과 기억

콤파드리토들

동네와 거리, 그리고 광장

탱고의 악기들

어원

'못된 집'

루고네스의 생각

안녕하십니까.

강연을 시작하기 전에 먼저 한 가지를 밝히고 싶습니다. 아니, 여러 가지일 수도 있겠군요. 첫 번째는 내가 이 강연회 주제의 순서를 급하게 전화로 구술했다는 것이고, 또 하나는 곰곰이 생각한 끝에 그 순서를 바꾸는 것이 더 자연스럽겠다고 판단한 것입니다. 그러니 이렇게 시작하도록 하겠습니다. 탱고의 역사를 살펴보기 위해, 우선 탱고가 시작한 무대와 분위기로 시작하고, 그런 다음에 탱고의 중요 인물들, 그리고 이미 반세기 넘게 진행되는 탱고의 발전 과정을 살펴보겠습니다. 그러고서 탱고의 현재와 미래에 대해 조심스럽게 의견을 개진하고자 합니다. 아마 여러분은 재즈의 발전도 비슷하다는 것을 기억할 것입니다. 핫 재즈,[5] 미시시피강의 뱃사람들, 심지어 재즈가 탄생한 장소와 분위기에서 멀리 떨어진 시카고와 캘리포니아의 몇몇 지식인 음악가들이 발전시킨 쿨 재즈[6]를 떠올릴 수 있을 겁니다.

5 즉흥 연주로 청중을 열광하게 하는 재즈 음악.(옮긴이 주)

6 1940~50년대에 나타난 모던 재즈의 한 종류로, 빠른 리듬 대신, 비교적 느리고 차분한 음악을 특징으로 한다. 주로 로스앤젤레스와 샌프란

먼저 여러분에게 내가 1929년경에 부에노스아이레스 문학상에서 2등을 했다는 사실을 밝히면서 시작하고자 합니다. 내 평생 가장 감동했던 상이지요. 당시로는 3000페소라는 상당한 상금을 받아, 나는 그 기회를 이용해 1년 동안 여가 활동에 전념할 수 있었습니다. 그러니까 내가 쓰고자 하는 책을 쓰는 데 바쳤던 것입니다. 그 책은 팔레르모 동네에 살던 내 옛 이웃 사람에 관한 연구였는데, 그 사람은 시인 에바리스토 카리에고[7]입니다. 물론 카리에고를 다루면서 나는 탱고를 주제로 다루게 되었고, 그것을 연구하기 시작했습니다. 1929년 당시에는 탱고를 연구하기가 지금보다 쉬웠습니다. 물론 지금처럼 책이 넘쳐흐르지는 않았지만, 나는 가장 중요한 사람들과 탱고인들, 그러니까 탱고 관련자들과 대화를 할 수 있었습니다. 그러고는 대략 한 달 전에 나는 당시에 만날

시스코 고유의 장르로 발전했다.(옮긴이 주)

7 에바리스토 카리에고(Evaristo Carriego)로 알려진 아르헨티나 작가, 에바리스토 프란시스코 에스타니슬라오 카리에고는 엔트레리오스 지방에 있는 파라나에서 1883년 5월 7일에 태어났으며, 부에노스아이레스에서 1912년 10월 13일에 세상을 떠났다. 보르헤스는 1930년에 『에바리스토 카리에고』라는 책을 출간했는데, 거기에는 「탱고의 역사」란 글이 실려 있다.

수 없었던 몇몇 사람과 대화를 했답니다. 예를 들어 그제 밤에 나는 당대의 가장 유명한 불량배 중 한 사람이었던 알베르토 곤살레스 아차와 대화했고, 그에게서 자료를 받았는데, 그것은 내가 이전에 획득했던 자료들이 옳다는 것을 확인해 주었어요. 이것에서…… 그러니까 이 연구에서 나는 영국 법조계가 유도 신문이라고 부르는 것, 즉 답변을 암시하는 질문을 하지 못했습니다. 나는 아주 일반적인 질문을 했고, 대화 상대방이 마음대로 내 질문에 대답하도록 놔두었습니다.

그러나 나는 책과 기사도 참고했습니다. 아주 멋진 내용이 수록된 작품이 하나 있었습니다. 바로 우루과이 인쇄업자 비센테 로시[8]가 쓴 『흑인들의 음악 세계』란 책입니다. 그는 코르도바의 데안 푸네스 거리에 살았고, 나는 그와 몇 통의 편지를 주고받았습니다. 그런 다음 그를 만나러 코르도바로 갔지요. 비센테 로시가 나를 맞이했습니다. 나는 그가 너무나 젊어 깜짝 놀랐지만, 그는 이미 죽었고, 나를 맞이한 사람은 그의 아들이었지요. 최근 라스트라[9]의 『1900년대의

8 Vicente Rossi(1871~1945). 언론인이자 작가, 편집인, 연구자. 우루과이에서 태어났지만, 27세였던 1898년부터 아르헨티나의 코르도바에 정착했다. 『흑인들의 음악 세계』 초판은 1926년에 출간되었다.

기억』이라는 제목의 책이 출간되었는데, 이 책은 1929년경 수많은 사람이, 그러니까 작곡가들이었던 건달 청년[10]들이 내게 들려준 이야기를 확인해 줍니다. 물론 당시 그들은 더는 건달 청년이 아니라 진지한 신사들이었습니다.

강연이라고 말했지만, 나는 사실 다른 단어를 사용하고 싶습니다. 더 다정할 뿐만 아니라, 더 지당하고 타당한 단어를 말이지요. 그건 바로 '대담'이라는 단어입니다. 그러니 여러분이 내가 말하는 것을 보충해 주고 확인하며 반박한다면 더없이 바람직할 것 같습니다. 그건 내가 가르치기만 하는 게 아니라, 배우기를 소망하기 때문입니다. 다시 말하면, 오늘 남쪽 동네[11]에서 이 네 번의 대담을 시작합니다.

9 1965년에 부에노스아이레스의 우에물 출판사가 출간한 펠리페 아마데오 라스트라(Felipe Amadeo Lastra, 1883~1974)의 『1900년대의 기억』을 지칭한다. 잡지 《남부 노트》는 이렇게 이 책을 요약했다. "펠리페 아마데오 라스트라, 토종마 사육 전문가인 중년의 이 남자는 부에노스아이레스의 과거 모습을 그리려고 한다. 그의 작품은 주관적 가치에 입각한 연구이며, 당대의 직접 증인이었다는 점에서 권위를 지닌다."

10 부에노스아이레스 은어인 '룬파르도'로 '칼라베라(망나니)'라고 불리는데, 이들은 방탕하고 파렴치한 밤샘꾼들의 삶을 사는 사람을 지칭한다. 다시 말하면, 방종과 방탕을 일삼아서 방자하고 타락한 삶을 사는 사람들이다.

11 원래 부에노스아이레스 대성당 남쪽을 일컫던 말로, 일반적으로 부

이곳은 내가 항상 사랑했던 동네입니다. 나는 언제나 부에노스아이레스 사람들을 그들이 사는 동네의 위치와 상관없이, 그러니까 사아베드라나 플로레스에 살건, 혹은 북쪽 동네에 살건, 우리는 모두 남쪽 사람들이라고 항상 느꼈기 때문입니다. 남쪽은 부에노스아이레스의 비밀스러운 심장의 일종입니다. 그래서 부에노스아이레스는 바로 여기, 남쪽에 있다고 말할 수 있을 겁니다. 그건 그렇고, 거기에 다른 동네를 덧붙일 수 있다면, 그 동네는 아마도 중심 지역일 겁니다. 나는 우리는 모두가 플로리다와 코리엔테스 동네 사람이라고, 우리는 우리가 사는 동네의 사람이라고, 우리는 본질적이고 결정적으로 아르헨티나 역사와 밀접한 관련이 있는 남쪽 지역의 사람이라고 생각합니다.[12]

에노스아이레스에 있었던 최초의 두 동네를 지칭하며, 19세기에는 상류층이 살았던 동네다.(옮긴이 주)

12 『7일 밤』에 수록된 '실명'에 관한 강연에서, 보르헤스는 이렇게 말한다. "모든 아르헨티나 사람들에게 남쪽은 다소 비밀스럽게 부에노스아이레스의 은밀한 중심가입니다. 우리가 관광객들에게 보여 주는 휘황찬란한 중심가가 아닌 것이죠. (……) 남쪽은 부에노스아이레스의 별 볼일 없고 은밀한 중심가였던 것입니다. 부에노스아이레스를 생각할 때면, 나는 어릴 적에 알았던 부에노스아이레스를 떠올립니다. 그곳에는 지붕이 낮고 정원과 베란다에 거북이들이 사는 물탱크가 있으며, 창문에 창살이 쳐진 집들이 늘어서 있었습니다. 그런 부에노스아이레스가 예전에는 부에노스아이레스의 전부였습니다. 이제 그

탱고의 역사로 들어가기 전에 먼저 말하고 싶은 것이 있습니다. 이것은 내 첫 번째 여담이 아니라, 아마도 두 번째로 본 주제에서 벗어나는 말일 겁니다. 하지만 흥미로운 생각이라는 점에서는 처음입니다. 그런데 지금까지 다른 사람이 이런 생각을 한 적이 있는지는 잘 모르겠습니다. 틀림없이 있었을 것입니다. 처음 일어나거나 생각하는 건 아무것도 없으니까요. 하지만 그런 생각을 충분히 강조했는지는 잘 모르겠습니다. 내 생각은 아주 단순합니다. 그건 내가 여러분에게 잠시 탱고를 잊자고 권하고서, 아주 짧게나마 우리 아르헨티나 역사를 살펴보자는 것입니다. 우리 역사는 200년도 채 되지 않을 정도로 짧지만, 모든 역사가 그렇듯이 아주 풍요롭습니다. 아마 극적인 사건은 다른 나라 역사보다 더 많을 겁니다.

그럼 어떤 사건들을 열거할 수 있을지 생각해 봅시다. 너무 길게 나열하지 않을 테니 걱정하지 마십시오. 우리 영토가 부분적으로 정복되었던 때를 생각해 봅시다. 우리 나라가 가장 가난한 식민지의 하나였던 것, 그러니까 광대한 스페인 제국에서 가장

런 모습은 남쪽 지역에서만 보존되고 있습니다."

변변치 않고 가장 변두리였다는 것을 생각해 봅시다. 여기에는 귀금속도 없었고, 그리스도 신앙으로 개종시킬 주민도 많지 않았습니다. 우리는 또한 얼마 되지도 않는 스페인 군인들이 멕시코나 페루 같은 제국들을 무너뜨렸던 황당하고 부조리한 현실도 생각해 볼 수 있습니다. 그런데 여기에서는 원주민과의 전쟁이 독립 이후까지 이어졌다는 사실도 생각해 봐야 합니다. 그래서 1874년에 라 베르데에서 돌아가신 내 할아버지는 후닌 전선에서 사령관이었고, 그 전에는 아술 근처에서 원주민을 무찔렀습니다.[13] 원주민과의 전쟁은 북쪽에서, 그러니까 차코 지방에서는 더 오래 이어졌습니다. 이 모든 일은 원주민 무리와 싸우는 것보다 도시나 요새를 점령하는 것이 더 쉬웠을 것이라는 사실로 설명될 수 있습니다. 원주민들은 패배하건 승리하건 간에 흩어졌고, 팜파 지역에서 모습을 감추었기 때문입니다.

이제 도시 설립을 생각해 봅시다. 처음에 그것들은

13 그의 친할아버지인 대령 프란시스코 보르헤스 라피누르(Francisco Borges Lafinur)를 지칭한다. 그는 1874년 11월 26일에 일어난 라 베르데 전투에서 사망했다. 그 전투에서는 바르톨로메 미트레 혁명군이 중령 호세 이노센시오 아리아스가 이끄는 국민군과 맞섰는데, 그의 친할아버지는 미트레 혁명군 편에서 싸웠다.

아마 수비대에 불과했을 겁니다. 그러고는 영국의 침략을 받지만, 정부군이 아니라 부에노스아이레스 시민이 격퇴합니다. 또 5월 혁명,[14] 독립 전쟁을 들 수 있는데, 특히 독립 전쟁은 대부분 아르헨티나와 베네수엘라, 그리고 콜롬비아인의 작품이며 사업이었습니다. 그 전쟁으로 많은 아르헨티나 사람들이 싸움터로 끌려 나갔고, 때때로 조국을 위해 죽기도 했습니다. 조국을 위해서 말입니다. 마지막 전투인 아야쿠초 전투에서는 몇몇 병사들이 아이였는데도 산마르틴 장군과 함께 전투에 나갔지요. 그럼 이제 내전,[15] 브라질과 싸워 승리한 전쟁,[16] 최초의 독재[17]와

14 5월 혁명은 리오 델라 플라타 부왕국의 수도인 부에노스아이레스에서 1810년 5월 18일부터 5월 25일 사이에 일어난 일련의 혁명 사건들을 지칭한다. 5월 18일은 중앙 최고 평의회의 몰락을 공식적으로 확인한 날이며, 5월 25일은 부왕 발타사르 이달고를 파면하고 정부의 제1 평의회로 대체한 날이다.(옮긴이 주)

15 아르헨티나 내전은 1814년부터 1880년까지 현재의 아르헨티나 영토에서 일어난 일련의 전쟁을 일컫는다. 그러나 이 내전은 부분적으로 우루과이 영토로 확장되어 1839년부터 1852년까지 우루과이 내전과 뒤섞여 '대전쟁'이라는 이름으로 불리기도 했다.(옮긴이 주)

16 아르헨티나—브라질 전쟁으로 1825년부터 1828년까지 아르헨티나와 브라질 사이에 벌어졌다. 이 전쟁으로 신생국 우루과이가 건국됐다.(옮긴이 주)

17 여기서는 1835년부터 1852년까지 아르헨티나 연합의 주요 토호 세력이었던 후안 마누엘 데 로사스(Juan Manuel de Rosas, 1793~1877)를

맞선 투쟁, 우리 나라의 국가 조직 시기,[18] 농촌 부대[19]와의 거듭된 싸움을 생각해 보지요. 그리고 그 농촌 부대를 이끈 군사 지도자 중에서 로페스 호르단[20]이나 페냘로사[21]를 기억합시다. 이제는 파라과이 전쟁[22]과 다시 국가 조직 시기를 떠올려 봅시다. 또한 부에노스아이레스가 세계 대도시 중의 하나가 되려고 했던 사실도 생각해 보지요. 그리고 이제는 우리가

지칭한다. 당시 그의 영향력은 너무나 지대했고, 그래서 그가 이끌었던 시기를 '로사스 시대'라고 일컫기도 한다.(옮긴이 주)

18 아르헨티나 역사에서 국가조직 시기(Organización Nacional)은 로사스 정권의 붕괴(1852)와 1880년 80세대의 정권 장악 사이의 시기를 일컫는다.(옮긴이 주)

19 '몬토네라스(Montoneras)'라고 불린다. 아르헨티나 역사에서 '몬토네라스'란 지방 토호들이 이끄는 농촌 출신의 군부대로 19세기 아르헨티나 내전에 참가했다.(옮긴이 주)

20 리카르도 라몬 로페스 호르단(Ricardo Ramón López Jordán, 1822~1889). 아르헨티나의 군인이자 정치인. 19세기에 막강한 영향력을 행사한 마지막 지방 토호 세력의 하나로, 세 번에 걸쳐 부에노스아이레스 정부와 맞서 반란을 일으켰으나 모두 실패했다.(옮긴이 주)

21 앙헬 비센테 페냘로사(Ángel Vicente Peñaloza, 1798~1863). 아르헨티나의 연방주의를 지지한 지방 군사 지도자. 부에노스아이레스의 중앙집권제와 맞서 무장 반란을 일으킨 마지막 토호 중의 한 사람이다.(옮긴이 주)

22 삼국 동맹 전쟁이라고도 불리며, 1864년에서 1870년까지 브라질 제국(황제에 의해 통치되는 의회 헌법 군주제 국가이며, 1822년에 성립하여 1889년 공화정으로 대체되기까지 존속했다.), 아르헨티나, 우루과이의 삼국 동맹과 파라과이 간에 발생한 전쟁이다. 라틴아메리카 대륙 역사상 가장 참혹한 전쟁 중의 하나로 알려져 있다.(옮긴이 주)

탄생시킨 몇 명의 위대한 인물을 기억해 봅시다. 아마 사르미엔토[23]와 루고네스[24]를 언급하는 것만으로도 충분할 겁니다. 또 무엇보다도 수많은 인간 세대가 의미하는 바를 생각해 봅시다. 전쟁과 추방, 그리고 질병이나 죽음, 그러니까 모든 인간의 운명이 의미하는 마지막 비극을 생각해 봅시다. 그 모든 것이 150년이 조금 넘는 시간에 들어 있습니다. 그 모든 일이 다소 비밀스럽게 일어났는데, 그건 알려지지 못한 채 세계적 차원으로 거의 나아가지 못했기 때문입니다. (널리 알려진 지적인 운동이 있기도 합니다. 예를 들어 모데르니스모[25]가 그렇습니다. 그것은 먼저 라틴아메리카에서 이루어지고, 그런 다음 스페인에

23 도밍고 파우스티노 사르미엔토(Domingo Faustino Sarmiento, 1811~1888). 아르헨티나의 정치인이자 작가이며 군인. 1868년부터 1874년까지 17대 아르헨티나 대통령을 지냈다. 많은 문학 작품을 남겼으며, 대표작으로는 『파쿤도 혹은 문명과 야만』(1845)이 있다.(옮긴이 주)

24 레오폴도 안토니오 루고네스(Leopoldo Antonio Lugones, 1874~1938). 아르헨티나의 문인이며 정치인이자 교육자. 라틴아메리카 모데르니스모의 가장 중요한 작가 중의 한 사람이며, 스페인어권 문학에서 최초로 자유시를 쓴 시인이다. 대표작으로 『감상적인 달력』, 『정원의 황혼』이 있다.(옮긴이 주)

25 19세기 말부터 20세기 초에 일어난 스페인어권 문학 운동. 공식 선언문이나 기본 원칙은 없었지만, 서구 사회의 순응주의와 물질주의에 반대하여, 정신적 가치를 표현하는 방법으로 자유시 형식과 감각적인 이미지를 사용했다.(옮긴이 주)

도착하여, 그곳의 위대한 시인들에게 영감을 줍니다. 마누엘[26]과 안토니오 마차도,[27] 바예 인클란,[28] 후안 라몬 히메네스[29] 정도의 이름만 언급해도 충분할 것입니다.)
이런 모든 음모와 책략을 생각해 봅시다. 그것은 광활한 평원으로 시작하는데, 거기에는 심지어 풀이나 나무도 없었습니다. 아니, 거의 없었다고 말하는 게 맞겠군요. 이런 모든 것이 지금의 위대한 나라, 아니 얼마 전까지만 해도 위대했던 국가를 이끈다고 생각해 봅시다.
그리고 세계는 두 단어를 제외하곤 이 나라를 거의 모른다는 것을 생각해 봅시다. 그 두 단어는 누군가라도 아르헨티나 공화국을 언급할 때면, 에든버러, 스톡홀름,

26 마누엘 마차도 루이스(Manuel Machado Ruiz, 1874~1947). 스페인의 시인이자 극작가. 모데르니스모 시인이자 98세대 작가 중의 한 사람이다. 대표 시집으로 『집시의 노래』, 『세비야와 다른 시들』이 있다.(옮긴이 주)

27 안토니오 마차도 루이스(Antonio Machado Ruiz, 1875~1939). 스페인의 시인이며 98세대의 가장 젊은 작가. 대표 시집으로 『고독』, 『카스티야의 들녘』이 있다.(옮긴이 주)

28 라몬 델 바예 인클란(Ramón del Valle-Inclán, 1866~1936). 스페인의 시인이자 극작가이며 소설가. 모데르니스모 문학사조에 속한 시인이자 20세기 스페인 문학의 주요 작가이다. 대표작으로 『독재자 반데라스』, 『보헤미아의 빛』이 있다.(옮긴이 주)

29 Juan Ramón Jiménez(1881~1958). 스페인의 시인. 1956년 노벨 문학상을 수상했다. 대표작으로 『돌과 하늘』, 『플라테로와 나』가 있다.(옮긴이 주)

프라하에서 말해지고, 아마도 도쿄와 사마르칸트에서도 입에 오르내릴 것입니다. 그 두 개는 아르헨티나 사람과 그곳의 음악(그건 동시에 춤이기도 합니다.)에 해당하는 단어입니다. 그곳 사람은 바로 가우초입니다.

이 사람 속에는 다소 이해할 수 없는 묘한 것이 있습니다. 말을 타고 혼자 다니는 목자의 유형은 아메리카 대륙 전역에서, 네브래스카주와 몬태나주부터 대륙의 남쪽 끝까지 찾아볼 수 있기 때문입니다. 우리에게는 '세르타네주'(브라질에서 사용하는 '목동'이라는 말), 야네로('대평원의 목동'이라는 의미), '구아소'(칠레에서 사용하는 '목동'이라는 말), 가우초, 카우보이라는 말이 있습니다. 다른 용어들과 근본적으로 구별되지 않은 채, 그중에서 가장 먼저 명성을 얻는 말은 가우초입니다. 미국의 위대한 시인 월트 휘트먼[30]의 시에 그 증거가 있습니다. 그는 1856년에, 그러니까 로사스가 실각하고 몇 년 후에, 관대하고 정중한 시를 한 편 쓰는데, 그 시의 제목은 그가 알지 못하는 언어인 프랑스어로 「살뤼 토 몽드 (Salut au monde)」, 즉 「세계에

30 Walt Whitman(1819~1892). 미국의 시인이자 언론인. 미국 문학에서 가장 영향력 있는 작가 중 한 사람이며 '자유시의 아버지'로 불린다. 대표시집으로 『풀잎』이 있다.(옮긴이 주)

인사하며」입니다. 그는 시를 시작하면서 자기 자신에게 이렇게 묻습니다. "무얼 보고 있지, 월트 휘트먼?" 그러자 그는 둥근 지구를 본다고, 한쪽은 낮이고 다른 쪽은 밤이며, 우주 속에서 회전하는 지구를 본다고 말합니다. 그러고는 묻습니다. "무얼 듣지, 월트 휘트먼?" 그때 그는 기술자들의 소리를 듣고, 사방의 노랫소리를 듣습니다. 그러고는 다시 "무얼 보고 있지, 월트 휘트먼?"이라고 묻고는 "내 손을 잡아, 월트 휘트먼."이라고 말합니다. 그리고 바이킹[31]들의 무덤과 갠지스의 순례자들을 지나서 이 지역에 도착하자 이렇게 말합니다.

나는 가우초를 본다,
말을 탄 사람이 그 누구와도 비교할 수 없이

31 보르헤스는 이 단어를 스페인어식으로 만드는 것을 몹시 못마땅하게 여겨 영어 그대로 '바이킹'이라고 부르는 편을 택했다. 『어둠의 찬양(Elogio de la sombra)』(1969) 서문에서 그는 이렇게 적고 있다. "스페인 학술원 사람들은 이 대륙에 자신들의 음성적 무능력을 강요하려고 한다. 그러면서 우리에게 pneuma 대신 neuma(정신)로, psicologia(심리학) 대신 sicologia로, psíquico(정신의, 심리의) 대신 síquico라는 거칠고 촌스러운 형태를 쓰라고 조언한다. 최근에는 '바이킹(viking)' 대신 '비킹고(vikingo)'로 쓰자고 한다. 나는 곧 우리가 키플링(Kipling) 작품 대신 '키플링고(Kiplingo)' 작품에 대해 말하는 것을 듣게 될지도 모른다고 생각한다."

올가미 돌리는 것을 본다,

나는 대평원 위로 야생 가축들을 뒤쫓는 모습을 본다.[32]

휘트먼이 단순히 "난 그 누구와도 비교할 수 없는 기수를 본다."라고 썼다면, 아마 아무것도 쓰지 않은 것이나 마찬가지였을 겁니다. 하지만 그는 이렇게 썼습니다. 그러니까 아마도 『일리아드』의 마지막 시구인 "그렇게 말 조련사인 헥토르의 장례식은 치러졌다."를 떠올리면서 '말 타는 사람,' 즉 rider of horse라고 썼을지도 모릅니다. 그 말이 이 시를 힘차게 합니다.

32 보르헤스는 『풀잎』을 번역했고(실상은 축약한 발췌본), 안토니오 베르니(Antonio Berni)의 삽화와 함께 1969년 부에노스아이레스에 있는 후아레스 출판사에서 출간했다. 여기서 언급하는 시 「세계에 인사하며」는 영어 원서의 제4편에 수록되어 있다. 보르헤스는 이 시를 자기의 시 선집에 포함하지 않았지만, 그것을 잘 알았다는 사실은 분명하다. 「월트 휘트먼에 관한 노트」(1947년에 잡지 《부에노스아이레스 기록》에 실렸고, 나중에 에메세 출판사에서 1957년에 출간한 『토론』에 재수록되었다.)이라는 글에서 그 시를 언급하기 때문이다. 그리고 『리오 델라 플라타의 가우초 1800~1900』라는 책과, 후에 『되찾은 글들 1956~1986』에 수록된 짧은 글 「가우초 1800~1900」에서 보르헤스는 여기에 실린 것과 같은 시구를 인용하지만, 거기서는 약간 더 길게 수록된다. "나는 가우초를 본다. 그는 들판을 가로지른다./ 나는 말을 탄 사람이 그 누구와도 비교할 수 없이/ 올가미 돌리는 걸 본다./ 나는 대평원 위로 야생 가축들을 뒤쫓는 모습을 본다." 바로 그 글에서 보르헤스는 가우초가 "인류의 상상 속으로 파고든 최초의 아르헨티나 사람이었다."라고 말한다.

가우초를 이렇게 언급하는 것은 전혀 우연이 아닙니다. 그것은 가우초가 탱고의 주요 인물 중 하나이기 때문이지요. 하지만 휘트먼은 탱고 음악을 결코 알지 못했을 것이고, 그 춤을 추어 본 적도 없을 겁니다. 그러나 이건 나중에, 그러니까 '콤파드리토'를 이야기할 때 다루겠습니다. 그러니까 그들이 어땠는지뿐 아니라, 그들 자신을 어떻게 상상했는지, 즉 자기 자신을 어떻게 보았는지……. 우리는 모두 상상력을 가지고 있고, 그건 우리가 다양한 삶을 계속 살아가는 데 너무나 필요한 것이지요. 우리는 모두 보잘것없는 삶을 살지만, 그것 말고도 또 다른 삶, 그러니까 상상의 삶을 삽니다. 콤파드리토는 가우초와 약간 비슷하게 보이지만, 이 모든 것은 나중에 살펴보겠습니다.

이제 우리는 하나의 날짜, 그러니까 하나의 시기와 하나의 장소를 다룰 겁니다. 그 시기는 흔히 탱고가 탄생했다고 생각되는 것보다 앞서지만, 1929년에 만난 사람들과 1936년에 만난 몇몇 사람들은 몇 년 더 이르고 늦은 차이는 있지만, 모두 그때라고 알려 주었습니다. 바로 1880년대입니다. 그때 암암리에 모습을 드러냅니다. 아니, '비밀리에'라는 말이 더 옳을 것 같네요. 이제 탱고가 어디에서 생겼는지와 관련하여 말하자면, 내게 말해 준 사람들이 어느 동네 출신인지, 어느 나라 사람인지에 따라서 그 대답은 다릅니다.

그런 이유로 비센테 로시는 몬테비데오 구도심의 남쪽과 부에노스아이레스 거리 주변, 그리고 예르발 거리 주변을 선택합니다. 또 어느 동네 출신인지에 따라 나와 대화를 나누었던 사람들은 북쪽 지역 혹은 남쪽 지역을 선택하곤 했습니다. 그래서 로사리오 출신은 탱고의 기원이 로사리오라고 말하지요. 이런 것에는 크게 신경을 쓸 필요가 없습니다. 그건 강 이쪽 근처나 건너편 강가에서 생겼다는 말과 같습니다. 하지만 나는 우리가 지금 부에노스아이레스에 있고, 나도 이곳 출신이기에 부에노스아이레스를 선택할 수 있으리라고 생각합니다. 그리고 그건 일반적으로 수용되는 생각이기도 합니다. 이렇게 우리는 1880년대의 부에노스아이레스라고 생각할 수 있습니다.

그렇다면 1880년대의 부에노스아이레스는 어땠을까요? 내 어머니는 89세가 넘었고,[33] 그래서 당시에 대해 어느 정도 기억합니다. 나는 아돌포

33 레오노르 아세베도 보르헤스(Leonor Acevedo Borges, 1876~1975). 보르헤스의 어머니.

비오이[34] 선생님과도 얘기를 나누고, 다른 많은 사람과도 얘기해 봤습니다. 모두가 내게 비슷한 모습을 제공하는데, 아마도 부에노스아이레스 전체가 당시 남쪽 동네였다는 것으로 요약할 수 있을 겁니다. 남쪽 동네라고 말하면서, 나는 무엇보다도 레사마 공원 주변을 떠올립니다. 지금은 산 텔모라고 불리는 지역이지요. 다시 말하면, 우리 도시는 블록으로 나뉘어 있었습니다. 알베아르 대로에 있는 몇몇 저택을 제외하고 대부분 단층집이었지요. 모든 집이 구조가 똑같았습니다. 멕시코 거리[35]에 있는 아르헨티나 작가 협회 본부에 아직도 존속하는 구조인데, 앞으로도 그 건축 구조가 오래 유지되길 바랍니다. 나는 그리 부유하지 않은 집에서 태어났지만, 투쿠만 거리와 수이파차 거리에 있던 대부분의 집보다 가난하지도 않았습니다. 그 집도 우리가 말한 그런 구조로 되어 있었습니다. 다시 말하면, 쇠창살이 쳐진 창문 두

34 Adolfo Bioy(1882~1962). 아르헨티나의 관리이자 정치인이며 변호사. 작가 아돌포 비오이 카사레스의 아버지.

35 멕시코 거리 524번지의 건물을 가리킨다. 1860년에 세워진 이 집은 아르헨티나 작가 협회(SADE)의 것이며, 1946년부터 1971년까지 그곳에 협회 본부가 있었다. 1972년에 우루과이 거리 1371번지에 있는 현재의 건물로 이전했다.

개가 거실에 있고, 거리로 나가는 문이 있었는데, 거기에는 문 두드리는 쇠고리가 달리고 현관과 현관 중문이 있었습니다. 마당이 두 개 있는데, 첫 번째 마당에는 빗물 통이 있고, 그 바닥에는 거북이 한 마리가 살면서 물을 깨끗하게 했으며, 식당이 자리 잡고 있던 두 번째 마당에는 포도 덩굴이 있었지요. 그게 바로 부에노스아이레스였습니다. 거리에는 가로수가 없었습니다.

위트컴의 집[36]에는 당대에 관한 사진들이 많습니다. 그 시대 이전인 것 같긴 한데, 지방의 단조로움과 권태를 떠올리게 하는 사진도 한 장 있습니다. 「오거리」[37]라는 사진이지요. 그건 아마도…… 아마도 1880년 이전인

36 알레한드로 위트컴(Alejandro S. Witcomb, 1835~1905)이 1880년에 플로리다 거리 364번지에 세운 가게를 지칭한다. 런던에서 태어난 이 사진작가의 작품은 아르헨티나의 역사 유산으로 여겨진다. 그가 죽자, 아들이 가게를 이어받아 장사를 계속하다가 1945년에 세상을 떠났다. 그때부터 여러 동료가 1970년까지 이 가게를 운영했다.

37 오거리는 레콜레타 동네의 훈칼과 리베르타드 거리, 그리고 킨타나 대로가 만나는 교차점이다. 부에노스아이레스는 체스판처럼 생긴 도시라서 사거리가 일반적이지만, 이곳은 독특하게도 오거리 형태다. 비오이 카사레스와 보르헤스는 그 지역 근처에 살았는데, 비오이 부모의 집은 오거리에서 얼마 떨어지지 않은 킨타나 대로 174번지였고, 비오이는 그곳에서 1940년까지 살았다. 그리고 보르헤스는 킨타나 대로 222번지에 부모와 함께 1924년부터 1938년까지 살았다.(옮긴이 주)

것 같은데, 옥상에서 찍은 것이었어요. 카페 하나, 가로등 하나, 그리고 길모퉁이에 짐꾼이 있었던 것 같습니다. 길모퉁이에는 항상 짐꾼들이 밧줄을 들고 있었으니까요……. 이사 때문이 아니라, 집 안의 가구를 옮길 때면, 그리고 집안일을 할 때면 사람들은 길모퉁이의 짐꾼을 불렀지요. 우리 도시는 작았습니다. 우리 어머니 말에 따르면, 북쪽은 푸에이레돈 거리에서 끝났는데, 그곳은 당시 '센트로아메리카'라고 불렸습니다. 레티로에서 온세까지 가는 철도 노선이 하나 있었습니다. 그리고 센트로아메리카 동네 너머로 다소 빈 지역, 그러니까 프랑스어로 테렝 바그(공터, 버려진 곳)와 비슷한 지역이 시작되었는데, 그곳에는 농장과 목장이 있었고, 말을 타고 다니는 사람들도 있었으며, 별장도 몇 채, 벽돌로 만든 화덕, 과달루페 연못이라는 커다란 물웅덩이도 있었지요. 예전에는 물웅덩이들이 우리 가까운 곳에 많았답니다. 우리 할아버지는 비센테 로페스 광장에서 말이 물에 빠져 죽는 것을 보기도 했는데…… 동네 사람들은 그 말을 구해 낼 수 없었습니다. 그 광장은 '머리들의 웅덩이'라고 불렸는데, 라스에라스 거리와 푸에이레돈 거리에 북부 도살장이 있었기 때문이지요. 그리고 온세 광장에서부 도살장이 있었는데, 그것이 바로 에체베리아[38]가 『도살장』에서 언급한 것으로, 여기에서 불과 몇 블록 떨어지지 않은 스페인 광장에 있었답니다. 나중에는 파트리시오스 공원으로 옮겨졌지요. 우리 어머니의 가장 오래된 기억 중의 하나는 부에노스아이레스 있던 짐수레가 늘어선 커다란 공터이자 정거장이었습니다. 어머니가 본 것은 바로 온세 광장에 있었지요. 바로 거기로 아에도와 모론, 그리고 메를로와 서쪽 마을에서 온 짐수레가 도착했답니다. 그리고 또 다른 짐수레 정거장이 있었는데 그것은 바로 여기에, 그러니까 콘스티투시온 동네에 있었어요. 나도 사진으로 본 적이 있지요.

그래서 이제 우리는 단층 주택들로 가득한 도시, 그러니까 지방 도시와 비슷했다는 것을 알 수 있습니다. 비오이 선생님은 자기가 잘 아는 시대, 말하자면…… 각 블록에 있는 각각의 집에 어떤 가족이 사는지 알았던 시대가 생각난다고 내게 말했습니다.

38 호세 에스테반 에체베리아(José Esteban Echeverría, 1805~1851). 아르헨티나의 시인이자 소설가. 아르헨티나에 낭만주의를 들여와 국가 정체성 확립에 일조한 작가다. 대표작으로 『여자 포로』, 『도살장』이 있다.(옮긴이 주)

이 말은 다소 과장됐거나 몇몇 동네에 한정될 수도 있습니다. 예를 들어서 내게 산호세 거리의 어느 구역에는 흑인들만 산다고 말했지요. 어렸을 때 나는 지금보다 흑인을 더 많이 보았습니다. 하지만 이제는 실질적으로 사라졌지요. 흑인들은 노예의 후손이었으며, 주인과 똑같은 이름을 갖고 있었고, 옛 주인들과 다정한 관계를 유지했습니다. 그러니까 그의 후손들이 오랫동안 옛 주인과 그런 관계를 유지했지요. 주인의 이름을 사용하고, 그래서 가족의 일원이었기 때문입니다. 또 미국에서와 달리, 여기에서 흑인들은 대체로 들판에서 일하지 않았습니다. 그들의 일은 가사(家事)에 한정되었고, 주인의 집에서 늙고 죽으면서, 자기들이 주인과 어느 정도 같다고 여겼지요. 그러고는 이민자들이 도착하고, 주민들이 바뀌고, 도시가 커집니다. 하지만 우리는 당대의 기록을 보존하고 있습니다. 예를 들어 시카르디[39] 선생의 『이상한 책』이라는 소설이 있는데, 거기에서 그는 다소 낭만적인

39 프란시스코 안셀모 시카르디(Francisco Anselmo Sicardi, 1856~1927). 아르헨티나 작가. 직업이 의사였던 까닭에 부에노스아이레스의 변두리를 알게 되었고, 그 경험을 소설 『이상한 책』(1894년부터 1902년까지 다섯 권으로 출간되었음.)에 구체적으로 서술했다. 이 작품 이외에도 『인간의 불안』이라는 시집의 저자이기도 했다.

과장을 곁들여서 알마그로 동네가 어떻게 성장했는지 서술합니다. 나는 극적으로 묘사된 말도나도 개울의 범람을 아직도 기억합니다.

내가 어렸을 때, 이미 이 도시는 팽창되어 있었습니다. 이 도시는 북쪽으로 파시피코 철교,[40] 그러니까 메말라 있다가 비가 오면 범람하는 그 도랑, 즉 말도나도 개울에서 끝났어요. 그곳은 이 나라에서 태어난 부랑배들, 또 이탈리아 칼라브리아 출신의 부랑배들이 모여 사는 동네였지요.

우리 어머니는 그때를 기억하는데, 바로 바라카스라는 이름이 나중에 템페를레이, 아드로게, 플로레스, 벨그라노 같은 이름이 암시하게 될 것을 의미했던 시절이었습니다. 다시 말하면, 주택들이 모여 있던 동네였지요. 무엇보다도 바라카스의 '라르가' 거리가 그랬는데, 지금은 몬테스 데 오카 대로라고 불리지요. 마찬가지로 레콜레타의 '라르가' 거리는 지금 킨타나 대로라고 불립니다.

이제 우리는 당시 이 도시의 모습을 상상할 수 있을 거라고 생각합니다. 또 나는 그 도시가 그때까지만 해도

40 팔레르모 동네의 산타페 거리와 후안 B. 후스토 거리가 만나는 교차로 위로 설치된 철교.(옮긴이 주)

계급이 존재하는 도시였다는 사실을 지적하고 싶습니다. 어느 나이 지긋한 분에게 당시에 콤파드리토들이 어떻게 옷을 입었는지 물어봤습니다. 그러자 그분이 이렇게 말했습니다. "그래요, 지금 우리처럼 입었지요." 다시 말하면, 재킷을 입고 중절모를 썼던 겁니다. 프록코트를 입거나 실크 해트를 쓰지는 않았습니다. 물론 스카프를 사용했고요. 하지만 과거의 콤파드리토들은 대략 지금 우리 모두가 입는 것과 비슷하게 옷을 입었답니다. 반면에 그 시대에 점잖은 신사와 콤파드리토 또는 시골 사람은 매우 달랐습니다. 콤파드리토는 많은 돈을 벌 수도 있었습니다. 그래요, 다양한 직업에 종사하면서, 그러니까 정치인을 수행하거나 선거에서 투표자들에게 겁주는 인물이 되면서 그럴 수 있었습니다. 하지만 그래도 콤파드리토로 계속 살았습니다. 다시 말하면, 중절모를 썼고, 스카프를 목에 둘렀으며, 딱 맞는 재킷을 입었고, 나팔바지나 아랫단이 좁은 배기바지를 입었으며, 샌들이나 굽이 높은 구두를 신고 다녔습니다. 이제는 사라지고 없는 사회 계급이 당시에는 존재했던 것입니다.

　자, 이제 우리는 당시의 부에노스아이레스를 보고 있습니다. 부에노스아이레스에는 가로수가 없지만,

마당은 있는 단층집들이 즐비했습니다. 마차 철도도 다녔습니다. 승객들을 길모퉁이에 내려 준 것이 아니라, 많은 경우에 그 손님의 집 앞에 바로 내려 준 기차였지요. 그곳에서는 모두가 서로 알고 지냈고, 모두가 친척이거나 친척의 친척이었습니다. 또한 이제는 사라지고 없는 후한 인심과 친절함이 있었습니다. 나는 그런 사람들을 많이 봤습니다. 지방이나 우루과이에서 부에노스아이레스에 정착하러, 그러니까 뿌리내리고 살려고 온 사람들이었습니다. 그러면 다음 날 만두가 가득 담긴 커다란 접시가, 캐러멜시럽이 왔으며, 하루나 이틀 후면 맛있는 다른 음식을 담아 접시를 돌려주었고, 그러면서 금방 동네 사람들의 친구가 되었습니다. 반면에 지금 우리는 아파트에 살고 있고, 위층에 사는 우리 이웃 혹은 앞집에 사는 이웃의 이름도 모르고 지냅니다.

이제 우리는 시간상 1880년이고, 장소는 부에노스아이레스라는 것을 살펴보았습니다. 이제 탱고가 생긴 바로 그 지역으로 가 보겠습니다. 그런데 탱고라는 단어의 기원은 무엇일까요? 내 생각에는 아프리카나, 아프리카 비슷한 곳에서 온 단어인 것 같습니다. 밀롱가라는 단어처럼 말입니다. 벤투라 린치에 따르면,[41] 밀롱가는 흑인들의 음악인 칸돔베[42]를 비웃으려고 콤파드리토들이 만든 것이라고 합니다. 그리고 그가 쓴 책에서 말하는 것처럼,[43] 온세와 콘스티투시온의 질 낮은 유흥 클럽에서 그 음악에 맞춰 춤을 추었지요. 콤파드리토들도 그 춤을 추었습니다. 반면에 다른 사람들은 밀롱가에 맞춰 춤을 춘 것은 한참 후의 일이라고, 처음에는 그저 음악이었는데, 탱고의 영향을 받아 춤을 추게 된 것이라고 말했습니다. 사실 나는 이 주제에 대해 평가하거나 판단할 정도의 지식이 없습니다.

그럼 장소로 가 보겠습니다. 탱고는 변두리의 것이라고, 탱고는 교외 지역에서 탄생했다는 주장이 반복되었고, 이렇게 주장하는 영화도 많습니다. 물론 변두리는 당시 중심가에서 아주 가까이 있었습니다. 그러나 내가 대화를 나누어 본 바에 따르면, 당시 사람들 모두가 '변두리의(arrabalero)'라는 단어는 전혀 지리적 의미를 내포하지 않는다고 지적했고, 그래서 나도

41 로부스티아노 벤투라 린치(Robustiano Ventura Lynch, 1850~1888). 음악가이자 화가, 작가, 아르헨티나 민속학자.

42 아프리카 노예들로부터 유입된 아르헨티나·우루과이의 음악과 춤. (옮긴이 주)

43 보르헤스는 두 번째 강연에서 이 책을 언급한다.

그렇게 생각하게 되었습니다. 게다가 '변두리'라는 말 대신 '주변부'나 '가장자리'라는 말이 사용됐지요. 그 가장자리는 강의 가장자리뿐만 아니라, 무엇보다도 땅의 가장자리이기도 했습니다. 전형적인 가장자리, 그러니까 가장 대표적인 가장자리는 농장이나 목장의 끝머리, 오래된 목장의 비탈길이었지요. 다시 말하면, 먼지로 뒤덮이고 가축 몰이꾼들이 있던 동떨어진 땅을 의미했지만, 그런 사람들이 드나들던 유흥업소를 지칭하기도 했습니다.

그렇다면 탱고는 어디에서 생겼을까요? 모든 사람의 말에 따르면, 탱고는 몇 년 뒤에 미국에서 '재즈'가 태어난 바로 그런 장소에서 태어납니다. 다시 말하면, '못된 집'[44]에서 나옵니다. 당시 그런 집들은 도시의 모든 동네에 있었지만, 특별히 그런 동네가 몇 군데 있었습니다. 템플레 거리를 따라 그런 동네가 늘어서 있었지요. 오늘날 비아몬테라고 불리는 거리지요. '5월 25일' 동네 근방이었는데, 당시에는 '7월 대로' 동네라고 불렸습니다. 나중에 '은밀한 동네'라고 불렸는데, 다시 말하면 지금의 후닌과 라바예지요. 그러나 그런 동네

44 사창굴이나 유곽을 뜻한다.

외에도 그런 집들은 도시 전체에 산재했답니다. 그런 집들은 컸고, 마당이 여러 개 있었으며, 만남의 장소로 사용되었지요. 그러니까 카드놀이를 하거나, 맥주 한 잔을 마시거나, 친구들과 만나려고 그런 집들을 자주 드나들던 사람들이 있었습니다. 나는 지금까지도 그런 곳을 팔마 데 마요르카[45]에서 볼 수 있었습니다. 거기서는 누군가를 찾는데 카페에서 찾지 못했다면, 팔마섬에 있는 그런 유형의 집 서너 개를 돌아다니며 찾는답니다.

그런 주장, 즉 내가 말한 것을 뒷받침하는 주장이 있습니다. 그 주장은 탱고 연주에 사용된 도구, 그러니까 악기와 관련된 것입니다. 이제 나는 내 친구를 한 사람 떠올리려고 합니다. 아주 늙은 사람인데, 에바리스토 카리에고의 친구였지요. 에바리스토 카리에고는 항상 그를 언급하면서 "마르셀로 델 마소[46]가 날 발견한 날이지."라고 말했답니다. 마르셀로 델 마소는 100주년[47]

45 스페인 마요르카섬의 항구 도시이며 발레아레스 제도의 중심 도시. (옮긴이 주)

46 Marcelo del Mazo(1879~1968), 아르헨티나 시인이자 작가. 마세도니오 페르난데스의 사촌이고 정치인 이그나시오 델 마소의 아들.

47 여기서는 5월 혁명 100주년이었던 1910년을 의미한다. 5월 혁명은 스페인의 부왕 발타사르 이달고 데 시스네로스가 면직되고 아르헨티

즈음에 『패배자들』[48]이라는 책을 출간했습니다. 그 책은 단편 소설집이었지요. 지금 쓰는 의미의 단편 소설집, 그러니까 우리가 시작과 전개와 결말을 기다리는 단편 소설이 아니라 일종의 소품집, 그러니까 '스케치'라고 부르는 것이 담긴 책이었어요. 하지만 그 책의 끝에는 여러 편의 시가 수록되어 있었는데, 아마도 내 기억으로는 그중의 하나에 「탱고 삼부작」[49]이라는 제목이 붙어 있습니다. 나는 그것이 1908년에 쓴 작품이라고 생각합니다. 이렇게 말하는데…… 첫 번째 시가 기억나는군요. 「춤추는 사람들」[50]이라는 제목의 시입니다.

나 최초의 정부인 제일 평의회로 대체된 사건이다. 100주년 기념 행사는 정부가 계엄령을 선포하면서 개인의 자유가 제한되고 노동조합 지도자들의 투옥으로 이어졌다.(옮긴이 주)

48 보르헤스는 이렇게 떠올린다. "1910년에 카리에고의 미래 편집자이고 그와 아주 친했던 친구인 마르셀로 델 마소는 『패배자들』 2집을 출간했는데, 그 괴롭고 슬프면서도 완벽한 산문집은 이 도시의 유형과 풍경을 기록하고 있다."(『되찾은 글들 I: 1919~1929』에 수록된 「시에 나타난 부에노스아이레스」)

49 사실상 「탱고 삼부작」은 세 편의 시로 구성되어 그 책의 일부를 이루고 있는데, 첫 번째 시는 「춤추는 사람들」, 두 번째 시는 「탱고의 영혼」, 세 번째 시는 「탱고의 끝」이라는 제목이 붙어 있다.

50 이어서 보르헤스는 「춤추는 사람들」의 첫 번째 연을 낭송한다.

춤추는 사람들에게 그 탱고 리듬이
기다리라는 박자를 표시하자
열정의 입김에 기운 난 뱀들처럼
서로 합쳐졌고, 비 오듯 쏟아지는 무도장의
약혼 서약 속에서 꽃 피운
이상한 덩굴나무 가지가 되었다.

"아우라, 내 사랑." 콤파드레가 울부짖고
무뚝뚝한 파트너는 뻔뻔스럽게
따스한 추잡함을 선사하면서, 화톳불의 불길 같은
자신의 살로 사랑 좇는 그 인간쓰레기의
진동하는 배 속을 때린다.

"사랑 좇는 그 인간쓰레기"는 내가 보기에
콤파드레를 완벽하게 설명해 주는 말입니다.

'히로'[51]를 고집했고, 바이올린 선율이 미끄러지듯
울렸으며,
플루트는 결코 아무도 쓰지 않았던 음표를 연주했지만,

51 회전(turn)을 의미하며, 축을 중심으로 앞, 옆, 뒤, 옆을 밟으면서 원을 도는 동작.(옮긴이 주)

춤추는 사람들은 박자에 맞추어 부드럽게 움직였고,
천천히 누구도 눈치채지 못하게, 커플은 키스했다.

그러고는 이렇게 말합니다.[52]

커플은 뜨겁고 용맹스러운 리듬에 맞춰 나아갔다.
머리카락을 베개 삼아 이마를 기대고서.
어깨에 세 개의 손, 그리고 허리에 하나의 손,
그것이 최신 유행의 변두리 탱고.

그러고는 「탱고 삼부작」을 마무리할 때, 어느 콤파드레가 한 여자를 죽였습니다. 그를 배신한 부정한 여인이었는데, 이름이 의미심장하게도 '훌륭한 여자(La Piadosa)'[53]였답니다.

그다음은 이렇게 이어집니다.

그런 동안 살인자는 집 뒤쪽을 뛰어넘었다.

52 보르헤스가 낭송하는 시구는 「탱고 삼부작」의 두 번째 시인 「탱고의 영혼」 첫 번째 연이다.

53 이제 보르헤스는 「탱고 삼부작」의 세 번째이자 마지막인 「탱고의 끝」이라는 제목의 시를 떠올린다. 이 시는 네 번째 강연에서 낭송한다.

그다음은 “술 때문이 아니라 탱고 때문에 생긴 어지러움이 가시자”라고 말합니다. 사람들은 그 악당이 여자를 죽여도 괜찮다는 데 동의합니다. 100주년이 되기 얼마 전에 델 마소는 이렇게 썼습니다. 그는 자기가 알게 되었고 알고 있었던 동시대의 사건들을 쓰고 있었습니다. 여러분은 그가 “바이올린 선율이 미끄러지듯 울렸으며, 플루트는 결코 아무도 쓰지 않았던 음표를 연주했지만”이라고 쓸 때 이미 눈치챘을 것입니다. 「탱고 삼부작」의 또 다른 대목에서 그는 피아노에 대해 말합니다. 그래서 우리는 이미 초기에 사용했던 세 개의 악기가 무엇인지 알게 됩니다. 그건 바로 피아노, 바이올린, 그리고 플루트입니다.

그건 그렇고, 탱고가 변두리나 가장자리 또는 주변부의 춤이었다면, 악기는 아마도 부에노스아이레스의 모든 가게에서 들리던 악기였을 테지만…… 악기는 말할 필요도 없이 대중적인 악기였을 것이고, 그건 아마도 기타였을 겁니다. 하지만 기타는 한참 후에야 탱고 악기가 되는데, 아니, 되지도 못합니다. 아마도 몇 년 후에 알마그로 동네에서 사용된 것 같습니다. 아마도 그런 것 같습니다. 그리고 독일에서 온 악기인 반도네온이 덧붙여지지요.

내가 보기에 이 주장은 결정적이고 분명합니다. 그건 우리 도시에 '못된 집'들이 있었고, 그리 대중적이지 않은 피아노, 플루트, 바이올린 같은 악기가 사용되었다는 것입니다. 그것들은 콤파드리토나 그들의 싸구려 주거지보다 더 고급스러운 경제 환경에 어울립니다. 내가 인용한 이 책 『1900년대의 기억』에서 라스트라는 탱고가 그런 싸구려 집의 마당에서 절대로 춤추어지지 않았다고 밝히며, 이것은 카리에고의 시가 확인해 줍니다. 카리에고의 마지막 시 중의 하나인 「결혼」입니다. 거기에 신부의 작은아버지가 등장하는데, 신부의 작은아버지는 약간 기분이 상해서 '코르테'[54]는 안 된다고, 다시 말하면 코르테가 있는 춤은 허락하지 않는다면서 "장난으로라도 코르테는 안 돼."[55]라고 말합니다.

54 탱고의 동작은 아브라소, 카미나타, 코르테, 케브라다로 이루어지는데, 아브라소는 남녀가 상체를 껴안는 것, 카미나타는 마주 보면서 한 사람은 앞으로, 다른 사람은 뒤로 걷는 동작이다. 코르테는 카미나타를 멈추고 다른 동작을 하기 위한 순간을 뜻하는데, 이 경우 주로 케브라다(무릎을 굽히는 동작)를 하면서, 몸을 옆으로 흔들기도 한다. 몸이 도발적이고 밀접하게 접촉하는 이런 자세는 '변두리 탱고' 또는 '카녱게'라고 알려진 방식의 전형적인 동작이다.(옮긴이 주)

55 10연. "신부의 작은 아버지는/ 춤이 올바르고 정확하게 추어지는지/ 지켜봐야 할 의무가 있다고 생각하고는/ 다소 기분이 상해/ 장난으로라도 코르테는 안 돼, 라고 말한다."

그러자 신부 집안의 친구인 어느 불량배가 말합니다. "다시 감옥에 가는 건 정말 싫지만, 이 말을 듣지 않는 사람에게는 기꺼이 도끼를 내리칠 준비가 되어 있어."[56]

그러자 누군가가 말합니다. "이 집에서는 원하는 대로 모든 걸 해도 좋아. 원하는 대로 해도 좋아. 하지만 볼꼴 사납지 않아야 해."[57]

이것은 처음에 사람들이 탱고를 거부했다는 것을 의미하지요. 그것이 추잡한 곳에서 탄생했다는 것을 알았기 때문입니다. 그리고 이것은 내가 수없이 보았던 것을 확인시켜 줍니다. 내가 어렸을 때, 팔레르모 동네에서 20세기 초에 보았던 것인데, 한참이 지난 후, 그러니까 두 번째 독재[58]가 시작되기 전에 보에도 거리의 모퉁이에서도 보았습니다. 다시 말해서, 남자 커플이 탱고를 추는 걸 보았답니다. 푸주한 또는 짐 마차꾼이라고 합시다. 한 사람이 귀에 카네이션을

56 31연. "그러자 다툼을 미리 막으면서,/ 그의 유일한 행동인 손짓을 하고서/ 다시 감옥에 가는 건 정말 싫지만/ 이 말을 듣지 않는 사람에게는/ 기꺼이 도끼를 내리칠 준비가 되어 있어, 라고 말한다."

57 11연. "겸손함은 차치하더라도, 저 사람 중에서는 그 누구도/ 신부에게 들러붙지 않아야 해./ 이 집은 가난할 것이고, 그건 누구도 부정하지 않아./ 원하는 대로 해도 좋아, 하지만 볼꼴 사납지 않아야 해."

58 '두 번째 독재' 혹은 '두 번째 전제 정치'는 페론 정권을 시사하면서, 그 정권을 후안 마누엘 데 로사스 정권과 비교한다.

꽂고, 손풍금의 장단에 맞춰 탱고를 추었지요. 마을 여자들은 탱고의 뿌리가 불명예스럽고 수치스럽다는 사실을 알았고, 그래서 탱고를 추려고 하지 않았습니다. 또 그것 말고도 다른 게 있었는데, 이것은 바테스[59]가 탱고에 관해 쓴 책에서 말하고 있는 내용이기도 합니다. 탱고를 출 수 있는 집들 중에 '투망'이라고 불리던 곳이 있었습니다. 아마 데펜사 거리에 있었을 겁니다. 남자들끼리 탱고를 추는 곳이었지요. 또 정확하게 '못된 집'은 아니지만, 말하자면 앞서 말한 집들의 현관이나 로비 같은 곳에서도 춤을 추었지요. 그런 유명한 장소로는 '한센 제과점', '엘 탐비토', '벨로드로모'가 있었고, 콤파드리토와 '부잣집 도련님'들이 모이는 두 집이 있었습니다. 하나는 칠레 거리 엔트레리오스 근처에 있었고 다른 하나는 유명한 탱고에 그곳 이름이 붙으면서 유명해진 곳인데, 콤파드리토와 젊은 불량배, 즉 파토테로들, 그리고 거리의 여자들이 춤을 추던 집이었지요. 그곳은 로드리게스 페냐 거리에 있었는데, 아마도 아직도 그 블록, 그러니까 라바예와 코리엔테스

59 엑토르 바테스(Héctor Bates)와 루이스 바테스(Luis Bates) 형제는 『탱고의 역사』를 썼다. 이 책은 1936년 부에노스아이레스에 있는 파브릴 출판사 인쇄소에서 출간되었다.

사이에 있는 로드리게스 페냐 블록에 남아 있는 오래된 그런 가옥 중 하나일 겁니다.

더 많은 증거가 필요하다면, 에바리스토 카리에고의 시 중에서 네 개의 행을 살펴볼 수 있을 겁니다. 그것은 당시의 시대상을 그리고 있고, 그래서 거짓말을 할 수도 없고 할 필요도 없었습니다. 그 시는 이렇게 말합니다.

> 거리에서 점잖은 사람들이 천하게
> 가장 아부하는 발림 소리를 마구 내뱉는데,
> '라 모로차'라는 탱고의 리듬에 맞춰
> 두 변두리 사람이 날렵한 코르테를 자랑하기 때문에.

그러니까 두 남자가 춤춘다는 겁니다.
선원이었고 젊었을 때 망나니였던 내 작은아버지[60]는 사관후보생들과 당시에 유명했던 빈민가의 주택으로 갔다고 합니다. 라스 에라스 거리에 있는 곳이었는데, 의미심장하게도 '사방의 바람'이라고 불렸습니다. '사방의 바람'이라는 말 자체가 이미 커다란 마당이,

60 프란시스코 에두아르도 보르헤스 아슬람(Francisco Eduardo Borges Haslam, 1872~1940). 선원이며 선장으로 호르헤 루이스 보르헤스의 작은아버지이다.

그러니까 수많은 돌풍이 부는 커다란 마당이 있음을 시사합니다. 실비나 오캄포가 부에노스아이레스에 관한 훌륭한 시[61]에서 말하는 것처럼 말입니다. 거기서 어느 생도가 '코르테'를 구사하며 춤을 추려고 하자, 그 싸구려 주택의 사람들, 그러니까 싸구려 주택에 살던 가난한 사람들이 그를 내쫓았습니다. 다시 말하면, 영화가 만든 값싼 감상주의 소설의 운명과 달리, 가난한 사람들은 탱고를 만들지 않습니다. 그러니까 그 사람들은 점잖거나 잘사는 사람들에게 탱고를 강요하지 않습니다. 탱고는 우리가 봤던 것처럼 파렴치하고 수치스러운 뿌리를 지니고 있는데, 정확하게 반대의 일이 일어납니다. 그러고서 점잖은 가문의 젊은이들, 그러니까 '부잣집 도련님들'인 젊은 불량배들이, 그러니까 무기를 가지고 다니기도 했고, 우리 나라 최초의 권투선수들로서 주먹을 자랑하기도 했던 그들이 탱고를 파리로 가져갑니다. 그 춤이 파리에서 인정받고 품격이 부여됩니다. 그제야 비로소 북쪽 동네 사람들이

61 Silvina Ocampo(1906~1993). 아르헨티나의 작가. 잡지 《남부(Sur)》의 창간자인 빅토리아 오캄포(Victoria Ocampo)의 동생이며 아돌포 비오이 카사레스(Adolfo Bioy Casares)의 아내. 여기서 보르헤스가 인용하는 이 작가의 시는 「조국의 목록」이다.

부에노스아이레스 전역에 탱고를 유행시켰고, 이제는 모두가 그 춤을 받아들이게 됩니다. 그런 일이 일어난 것은 어찌 보면 행운이지요.

자, 이제 탱고의 인물들이 누구인지 알아보았습니다. 콤파드리토인 불한당이자 뚜쟁이가 있고, 부잣집 도련님들인 젊은 불량배들이 있고, 또한 사창가의 여자들이 있습니다. 코르테에 관해 말하자면, 코르테는 남자가 하는 것이지, 결코 여자가 하는 법은 없습니다. 춤을 주도하는 사람은 남자이고, 여자는 남자의 지시를 받아들입니다. 그리고 탱고는 밀롱가에서 비롯됩니다. 다시 말하면, 탱고에 담긴 그 모든 슬픔 때문에 사람들은 탱고가 "춤추는 슬픈 생각"이라고 말하게 되었지요. 음악이 감정이 아니라, 생각에서 나온다는 듯이 말입니다. 이 모든 것은 아주 한참 후의 탱고에 해당합니다. 당연히 「엘 초클로」, 「엔트레리아노」, 「엘 아파체 아르헨티노」, 「엘 포이토」, 「일곱 마디」, 「흥겨운 밤」 같은 노래들, 그러니까 초기 탱고에는 해당하지 않지요.

다음 대담에는 이 인물들에 관해 공부해 보겠습니다. 특히 콤파드리토를 살펴보고, 또 다른 인물이자 아마도 과장된 행동과 말로 너무나 잊힌 인물인 부잣집 도련님이자 젊은 불량배에 관해서도 알아보겠습니다.

이들은 몇몇 오케스트라 지휘자와 함께 탱고를 세계적으로 전파하는 데 가장 이바지한 인물입니다. 탱고로 아르헨티나라는 이름을 세계 곳곳에 전파하게 만든 주역들이지요.

아마도 나는 좀 전에 이 단어가 아프리카 말에 어원을 두고 있다고 말한 것 같습니다. 그러나 스페인 음악 중에서도 '탱고'라는 이름의 음악이 있다는 것을 잊으면 안 됩니다. 내 생각에 그 음악은 우리의 탱고와 다릅니다. 아니 우리의 탱고들과 다릅니다. 사실 「엘 초클로」나 「라 쿰파르시타」, 그리고 전위적 음악가들이 만든 최근의 실험적인 탱고 사이에는 거의 극복할 수 없는 차이가 있습니다.

루고네스[62]는 어원으로 라틴어 단어 탕헤레(tangere), 탕고(tango) 등을 제안합니다. 그렇습니다······ 탕헤레(tangere), 탕고(tango), 테티히(tetigi), 탁툼(tactum)······.[63] 그러나 내가 보기에 당대의

62 레오폴도 루고네스(Leopoldo Lugones, 1874~1938). 아르헨티나 시인, 수필가, 언론인, 정치인. 초기 보르헤스를 말할 때 빼놓을 수 없는 인물이다.

63 보르헤스는 라틴어 동사 탕헤레(tangere, 만지다)의 변화형 탕고(tango), 탕히스(tangis), 테티히(tetigi), 탁툼(tactum), 탕헤레(tangere)를 외우고 있다.

'못된 집'을 자주 드나들던 사람들이 인문학자였고, 라틴어에서 그 단어를 가져왔다는 것은 전혀 있을 법하지 않습니다. 나는 칠레 거리나 로드리게스 페냐 거리 또는 '엘 탐비토'의 콤파드리토들이 유식했다고는 생각하지 않습니다.

그러나 루고네스는 하나의 명언을 남깁니다. 내가 보기에 그 말은 오늘 내가 말한 모든 걸 요약해 줍니다. "탱고, 그 사창굴의 뱀"이란 말이지요. 나는 루고네스와 수없이 대화를 나누었고, 아주 모순적이고 역설적인 사실 하나를 알게 되었습니다. 그건 루고네스가 공식적으로는 탱고를 싫어한다는 사실입니다. 루고네스는 코르도바 출신이고, 우리의 진정한 민속 음악이 삼바[64]나 비달리타[65]나 그와 비슷한 것이 되길 바랐지만, 실제로는 탱고를 무척 좋아했습니다. 심지어 언젠가는 콘투르시[66]의 탱고 가사를 내게 인용하기도

64 삼바(zamba)는 아르헨티나 북부의 민속춤으로, 브라질의 '삼바'와는 매우 다르다. 리듬도 다르고 춤을 출 때의 스텝도 다르며, 의상도 다르다.(옮긴이 주)

65 비달리타는 남아메리카의 민속 음악이다. 춤추기에는 적절하지 않은 이 음악은 아르헨티나의 서북부 지방에 널리 퍼져 있다.(옮긴이 주)

66 파스쿠알 콘투르시(Pascual Contursi, 1888~1932). 아르헨티나의 극작, 유명 탱고 작사가. 약 40곡의 탱고 가사를 썼다.(옮긴이 주)

했는데, 나는 루고네스가 직접 만든 가사가 아닐까 의심해 봅니다. 하지만 이 점에 대해서는 여러분이 내게 조언을 줄 수 있지 않을까 생각합니다. 가사는 이렇습니다.

당신 오빠가 당신에게 선사한
십자가를 떠올려 봐요,
그리고 친자노 포도주 상자로 썼던
나이트 테이블 위의 타조 알을.

이 가사의 운을 음미하면 루고네스의 것이 맞는 것 같습니다. 콘투르시의 것이라기보다는 루고네스의 시라고 보는 편이 더 어울립니다. 하지만 나는 내가 말하려고 하고 있던 것에서 너무 앞질러 나가고 있습니다. 우리는 '탱고'라는 단어의 어원을 모른다는 이야기를 하고 있었습니다. 다음 대담에서는 탱고의 인물들, 즉 콤파드레, 부잣집 도련님인 젊은 불량배, 그리고 매음굴의 여자에 관해 말한 후 탱고가 어떻게 진화하고 있는지 살펴보겠습니다. 내가 계속해서 대담자가 되겠지만, 또한 여러분의 청중이자 제자가 되고 싶습니다.

두 번째 강연

콤파드리토와 건달에 관해

콤파드리토에 반영된 가우초

일라리오 아스카수비의
시구들

호세 에르난데스와 에두아르도 구티에레스

심리 기법

콤파드리토와
건달의 특징

북유럽의 전설 중
스칸디나비아의
어느 인용문

'단도와 용기의 교파':
역사와 이야기들

탱고의 인물들

니콜라스 파레데스

'학술 단체들'

밀롱가에서 찾는
탱고의 뿌리

여러분 안녕하세요.

지난 강연에서, 그러니까 지난 대담에서 '아르헨티나의'라는 단어, 즉 '아르헨티나의'라고 밝히면 이 세상 어디에서든 두 단어를 떠올리게 된다고, 사람에 해당하는 단어 하나와 음악과 관련된 단어 하나가 연상된다고 말했습니다. 그 단어는 바로 '가우초'와 '탱고'입니다. 이런 관념 연합은 보편적이라고 말할 수 있을 겁니다. 적어도 나는 아메리카와 유럽의 여러 지역에서 그렇게 확인했습니다.

얼핏 보면 그 두 단어, 그러니까 가우초와 탱고는 아무런 공통점이 없다고 생각할 수 있습니다. 그러나 나는 두 단어가 관계가 있다고 믿습니다. 물론 가우초는 절대로 탱고를 춘 적이 없으며, 탱고를 알지도 못했습니다. 그에 관해 우리는 두 개의 증거를 갖고 있는데, 아마도 베이컨[67]이라면 '부정적'[68]이라고 불렀을

67 프랜시스 베이컨(Francis Bacon, 1561~1626). 영국의 철학자이자 정치인. 영국 경험론의 시조이며 데카르트와 함께 근대 철학의 개척자다. "아는 것이 힘"이라는 말을 한 인물로 잘 알려져 있다.(옮긴이 주)

68 베이컨은 귀납 추론을 방해하는 부정적인 원리로 네 가지를 열거한다. 이 네 가지는 (1) 사물을 있는 그대로 보지 않고 선입견을 품고 보려는 인간의 경향, (2) 개인의 성격 때문에 범하는 오류, (3) 언어와 용

만한 증거들입니다. 그건 두 개의 연(聯)인데, 그중의 하나는 아스카수비[69]의 것입니다. 내가 잘못 알고 있지 않다면, 그는 자기 작품에서 '콤파드리토'라는 단어를 두 번 사용하고 그것이 어떤 것인지 규정합니다. 하지만 절대로 '탱고'란 단어는 쓰지 않습니다. 그리고 또한 '코르테'라는 단어도 몰랐던 것 같습니다. 그 증거는 그의 시에 있는데, 물론 부정적인 원리지요. 거기에서 그는 춤을 묘사하는데, 그것은 삼보롬본만[70] 근처에서 일어나고 있다고 추정됩니다. 작중 인물 중의 하나인 중앙 집권제를 지지하는 가우초와 대화한 후, 시인은 이렇게 적습니다.[71]

그러자 자기 여자 동료

법을 잘못 써서 생기는 혼란, (4) 잘못된 방법과 결부된 철학 체계로 인한 해로운 영향이다.(옮긴이 주)

69 일라리오 아스카수비(Hilario Ascasubi, 1807~1875). 아르헨티나 시인이자 외교관, 정치인. 가우초를 소재로 쓴 최초의 시인 중의 한 사람으로 유명하다.(옮긴이 주)

70 부에노스아이레스 지방에 있는 작은 마을로 약 200명 정도의 인구가 살고 있다.(옮긴이 주)

71 보르헤스가 이어서 낭송하는 시구는 일라리오 아스카수비의 시집 『파울리노 루세로』에 수록된 시 「엔트리리오스와 코리엔테스 군대의 인사에 화답하며」이다.

후아나 로사에게 춤을 청했고,

두 사람은 무릎을 굽혔다가

완전히 펴기를 거듭하기 시작했다.

아, 시골 여자여! 엉덩이를 몸에서

구부리지 않는가!

얌전 빼면서

갑자기 몸을 뺐고,

루세로가 들어올 때면

살며시 그를 피했다.

만일 아스카수비가 '코르테'라는 단어를 알았더라면, 아마도 거기에 썼을 것이고, '얌전 빼면서' 같은 전혀 시적이지 않은 단어를 사용하지 않았을 겁니다.

내가 보기에 다른 예가 더 확실한 증거 같습니다. 그것은 여러분이 잘 알듯이 1872년에 출판된 『가우초 마르틴 피에로』[72]에 있습니다. 에르난데스[73] 역시

72 『마르틴 피에로』 혹은 『가우초 마르틴 피에로』로 알려진 이 작품은 2316행으로 이루어진 서사시이며, 1872년에 출간된 『가우초 마르틴 피에로』와 1879년에 발표된 『마르틴 피에로의 귀환』으로 나뉜다. 이 시는 가우초가 아르헨티나의 독립에 핵심 역할을 했다는 점을 강조하면서, 가우초가 아르헨티나 발전에 역사적으로 이바지했음을 말한다.(옮긴이 주)

춤을 묘사하는데, 그것은 시골 농장과 변두리에서 추는 춤이지요. 크루스 하사의 입을 통해 묘사합니다. 여러분도 기억하겠지만, 그 춤을 보고서 기타 연주자는 몇 줄의 시구로 크루스를 비꼬고 비난합니다. 그러자 크루스는 우선 단도로 기타 줄을 잘라 버리지요. 그러고는 도전해서 결투를 벌이고, 마침내 그를 죽이고서 잔인하게도 이렇게 말합니다.

> 여기 그를 창자와 함께 놔두었어.
> 그 창자로 줄을 만들도록.[74]

그럼 그 장면을 살펴보지요. 거기에는 압운을 쓰는 한 연이 있는데, 그 연에는 '앙고'에 세 개의 압운을 사용하는 단어가 있습니다. 압운이 있는 단어는 스페인 단어인 '판당고(fandango)',[75] 그리고

73 호세 에르난데스(José Hernández, 1834~1886). 아르헨티나의 시인이자 정치인, 군인. 특히 최고의 가우초 문학이라는 『가우초 마르틴 피에로』의 작가로 유명하다. 아르헨티나는 그가 태어난 11월 10일을 '전통의 날'로 지정하여 기념한다.(옮긴이 주)

74 『마르틴 피에로』 343연.

75 스페인 플라멩코에서 남녀가 쌍으로 추는 삼박자의 경쾌한 춤.(옮긴이 주)

‘창강고(changango)’입니다. 아직도 사용하는지 모르겠지만, 이 단어는 내가 어렸을 때 낡은 기타나 형편없는 기타를 말할 때 사용되었지요. 그런 다음 “모든 게 ‘팡고(pango)’가 되었다”라고 말하는데, 이건 난장판이 되었다는 말입니다.[76] 그건 그렇고, 에르난데스가 ‘탱고’라는 단어를 알았더라면, ‘판당고’나 ‘창강고’, 특히 내가 에르난데스의 작품 이외에는 들은 적도 없고 읽어 본 적도 없는[77] ‘팡고’라는 말보다 ‘탱고’라는 말을 넣는 게 훨씬 쉬웠을 겁니다.

그러나 가우초는 자신도 모르게 탱고에 영향을 끼칩니다. 이건 아마도 두 가지 이유 때문일 겁니다. 첫째, 콤파드리토와 가우초가 유사하기 때문입니다. 콤파드리토는 아르헨티나에서 태어나 도시 또는 도시 변두리에 사는 서민인데, 당시 우리 도시는 작았기 때문에 변두리도 중심가에서 아주 가까웠습니다. 우선 둘 다 동물과 관련된 일을 했습니다. 콤파드리토는 푸주한이거나 마부나 소몰이꾼일 수 있었습니다.

76 『마르틴 피에로』 333연. “여자와 판당고로/ 이미 창강고는 시작했네./ 판당고를 보려고/ 몸을 숙여서 몰래 들어갔지만/ 악마도 엉덩이를 들이밀었고/ 그러자 모든 게 난장판이 되었네.”

77 아마도 단발어, 즉 단 한 번만 사용된 말일 수 있다.

무엇보다도 가장 유명하고 용감한 사나이는 그런 조직에서 나왔답니다. 또한 내가 보기에 이건 아주 중요한 건데, 콤파드레는 자기 자신을 콤파드레로 여기지 않았다는 겁니다. 콤파드레는 자기를 전형적인 시골 사람이라고 생각했는데, 그런 전형적인 아르헨티나 사람은 가우초였습니다. 우리는 이걸 가장 오래된 탱고 중의 하나이자 에바리스토 카리에고가 인용한 「라 모로차」의 가사에서 확인할 수 있습니다.

나는 부에노스아이레스에서 태어난
고결한 가우초의 정숙한 동반자,
정을 간직하고 내 주인에게 정을 주는 여자,
그리고 매일 아침 씁쓸한 마테차로
그의 잠을 깨우는 여자.

또한 오스카 와일드[78]의 그 유명한 말을 떠올릴 수도 있습니다. 그는 자연이 예술을 모방한다[79]고 말하지요.

78 Oscar Wilde(1854~1900). 아일랜드의 시인이자 소설가, 극작가, 수필가.
79 "예술이 인생을 모방한다기보다는 인생이 훨씬 더 예술을 모방한다." 그의 수필 『거짓말의 쇠퇴』(1889)에 있는 말이다.

다시 말해, 콤파드리토가 읽는 게 있다면, 그것은 에두아르도 구티에레스의 소설들이었고, 그들이 본 공연이 있다면, 그것은 우루과이의 포데스타 형제들이 배우로 등장했던 「후안 모레이라」[80]였습니다. 나는 내 친구 니콜라스 파레데스(이미 언급한 사람이지만, 나중에 다시 그에 관해 말하겠습니다.)에게 직접 들었습니다. 그는 자기가 데리고 있던 유명한 수행원 후안 무라냐에 대해 말하면서 "지금 촌사람이 왔소."라고 표현하는 소리를 들었습니다. 그러니까 그를 거의 가우초로 여기지 않았다는 것입니다.

그리고 초기의 콤파드리토들은 시골 사람들이었고, 그들이 하는 일은 농촌에서 하는 일과 매우 비슷했습니다. 물론 의심의 여지 없이 그들끼리는 '콤파드레'라고 부르지 않았습니다. '콤파드레'라는 말에는 경멸적인 뒷맛이 담겨 있기 때문입니다. 그 경멸적인 뒷맛은 계속해서 그 단어에 남았고, 그 단어에서 파생된 두 단어에도 담겨 있습니다. '콤파드리토'는 상당히 경멸적인 의미로 사용되고, '콤파드론'이라는 말은 콤파드레를 모방하려고 애쓰지만

80 에두아르도 구티에레스와 호세 포데스타가 극본을 썼으며, 1886년에 처음 상연되었다. 가우초 연극의 대표작이다.(옮긴이 주)

제대로 그러지 못하는 사람 또는 자기도 모르게 콤파드레처럼 행동하는 사람을 뜻합니다.

이렇게 우리는 탱고의 등장인물 중 하나인 콤파드레를 다룰 차례가 되었습니다. 모든 원형이 그렇듯이 '콤파드레'는 아마도 그 어떤 개인 속에 완벽하게 모두 존재한 적은 없었을 겁니다. 그건 콤파드레에 여러 유형이 있기 때문입니다. 그중에서 이제 우리가 살펴볼 것은 가장 흥미로운 유형입니다. 내가 보기에 그것은 바로 건달입니다.

그리고 이런 사람이 존재한다는 것이 얼마나 좋은지 생각해 봅시다. 나는 모든 콤파드레가 용감한 사람이라거나 싸움꾼이라고 말하고 싶지는 않습니다. 그건 아마도 황당한 주장일 겁니다. 그러나 1880년대 부에노스아이레스나 라플라타, 혹은 로사리오나 몬테비데오의 변두리에 사는 콤파드레가 어떻게 살았을지 생각해 봅시다. 싸구려 집에 사는 그 삶이 얼마나 가난했을지 생각해 봅시다. 아니면 그런 사람이 얼마나 힘들었을지, 그리고 얼마나 단조롭고 무미건조했을지 생각해 봅시다. 그렇지만 그 사람들이 내가 어느 시에서—에두아르도 구티에레스의 소설과 그 소설에 바탕을 둔 연극에서 영향을 받은

게 틀림없는—'단도와 용기의 교파'라고 부른 것을 만들어 냈다는 사실을 떠올려 봅시다. 그러니까 그들은 용감한 사람이 되는 걸 이상으로 제안했고 그렇게 되기로 작정했지요.(물론 그런 생각을 항상 실현하지는 못했습니다. 용감한 사람들이나 건달 중에는 또한 허풍쟁이와 겁쟁이들도 있었을 테니까요.) 그리고 나름대로 하나의 종파를 만들어 낸 것입니다.

여기서 스칸디나비아의 전설 한 대목이 떠오릅니다. 중세부터 전해지는 이야기로, 우리와 아주 멀리 떨어진 나라의 것입니다. 거기에서 몇몇 사람들에게 오딘[81]을 믿느냐, 아니면 백색의 그리스도, 즉 지중해 땅에서 얼마 전에 북극 지역에 도착한 그리스도를 믿느냐고 물었습니다. 그러자 그중 한 사람이 대답합니다. "우리는, 아니 나는 용기를 믿습니다." 고대 이교의 신화나 새로운 기독교 신앙을 넘어 용기는 그의 신이었습니다. 건달도 이런 이상을 지니고 있었습니다. 『마르틴 피에로』에서 우리는 이런 대목을 발견합니다. "친구여, 남자들은 고통받으려고 태어났네."[82] 그리고

81 북유럽 신화에서 최고신이며, 마법과 지혜, 시(詩), 그리고 전쟁의 신이기도 하다.(옮긴이 주)

82 『마르틴 피에로』 291연.

아돌포 비오이 카사레스[83]는 내게 농장의 어느 일꾼 이야기를 해 주었습니다. 그 일꾼은 즉시 수술을 받아야만 했습니다. 아주 고통스럽고 아픈 응급 수술을 말이죠. 의사들은 그에게 통증이 극심할 것이라고 설명했고, 심지어 손수건을 주어서 수술하는 동안 물고 있게 해 주었습니다. 그러자 이 남자는 스토아 철학자들이나 할 만한 말을 하고 있다는 사실도 모른 채 세네카에게나 어울릴 법한 말을 했습니다. "아픔은 내가 책임집니다." 그러고서 얼굴에 그 어떤 고통스러운 표정도 짓지 않고서 수술을 참아 냈습니다. 그러니까 용감한 사람이 되겠다고 말하고서 정말로 그렇게 했던 것이지요.

그럼 이제 건달에 관해 말하겠습니다. 내가 말했던 것처럼 건달은 반드시 행실이 나쁜 사람이 아닙니다. 지난번에 인용했던 시에 이런 대목이 있습니다. "난 여러 번 감옥에 있었지만, 항상 살인 때문이었지." 무엇보다도 이 말은 그렇게 말하는 사람인 '젊은이 에르네스토'(탱고

83 Adolfo Bioy Casares(1914~1999). 아르헨티나의 소설가로, 환상과 현실이 멋지게 조화를 이룬 문학 세계를 구축했다. 흔히 호르헤 루이스 보르헤스와 더불어 아르헨티나 소설계의 대부로 일컬어진다. 대표작으로 『모렐의 발명』, 『영웅들의 꿈』 등이 있다.(옮긴이 주)

「돈 후안」의 작곡자 에르네스토 폰시오[84])가 여자들을 등치며 살았거나 행실이 불량했던 사람이 아니었다는 뜻입니다. 간단히 말하면, 사람을 죽이는 불행이 일어나는, 다시 말해서 그들이 말하는 바에 따르면 '불행에 빠지는' 사람이었던 것입니다.

이 모든 것에는 기술이 수반됩니다. 내 추측에 따르면, 그리고 또한 확인했다고 생각하는 바에 따르면, 그 기술은 물리적인 것만이 아니었습니다. 단순하게 칼과 망토를 잘 다루는 것이 아니었습니다. 그건 우리가 '심리적'이라고 부를 수 있는 기술이기도 했습니다. 다시 말해 건달은 자기 적을 불리한 영역으로 데려갔고, 그래서 싸우는 순간이 오면 적은 이미 진 상태였던 것입니다.

궁금증 때문인지, 나는 그런 기술이 다른 나라의 다른 곳에서도 사용되었는지 알아보고 싶습니다.

84 Ernesto Ponzio(1885~1934), 「늙은 파수꾼」라고 불리던 시기에 속한 바이올린 연주자이며 유명한 탱고곡 「돈 후안」의 작곡자. 1898년에 쓰인 이 곡은 '동네 아저씨'라는 부제가 붙어 있으며, 「용감한 청년들」로 알려진 이후 판본도 존재한다. (*탱고 역사에서 '늙은 파수꾼'이라고 불리던 시기는 탱고가 만들어지고 형성되기 시작한 때를 일컫는다. 이 시기는 탱고가 음악 장르로 만들어지던 '탄생 단계'(1895~1909)와 점차 모습을 갖추며 구체화되는 '형성 단계'(1910~1925)로 나뉜다.)(옮긴이 주)

카우보이 영화 같은 일종의 서사시가 되는 서부 영화에서는 그런 기술이 보이지 않습니다. 결투가 아주 빠르게 이루어지거든요. 일반적으로 서부 영화의 결투에는 말이 거의 없습니다. 때때로 내가 얼마 전에 보았던 영화에서와 마찬가지로 "나는 누구누구다, 빼.", 그러니까 권총을 빼라고만 말하지요.[85] 그러나 내가 부에노스아이레스의 변두리에서 보았던 기술, 즉 거기서 사용된 기술은 달랐습니다. 그 기술의 예를 하나 보여 줄 텐데, 여기서 나는 다시 내 친구 니콜라스 파레데스를 언급해야 할 것 같습니다. 그의 그림자는 분명 이곳을 돌아다니고 있는 것 같습니다. 나는 그 장면의 증인이었습니다.

파레데스는 어느 보수당 지방 지도자의 수행원이었습니다. 그러니까 급진파 당원들의 공공의 적이었다고 할 수 있겠지요. 나는 파레데스와 함께, 그리고 몇몇 친구와 같이 있었는데, 그때가…… 그래요, 몇 년도였는지 잘 기억이 나지 않네요. 어쨌든 오래전 어느 모임이었습니다. 포르토네스 제과점에서

85 '빼'라는 말의 영어는 Draw이다. 이 단어의 의미는 다양하며, 가장 많이 쓰이는 것은 '그리다'라는 의미지만, 또한 '무기를 빼다'의 의미도 있다.

일어난 일이었죠. 오늘날, 아니 한참 전부터 '이탈리아 광장'이라고 불리던 곳이었습니다. 그곳에 어떤 사람이 도착했는데, 파레데스를 도발하려는 의도가 너무나도 분명했습니다.

파레데스는 일흔 살 먹은, 일흔 살이 되고도 몇 달이 지난 사람이었습니다. 상대방은 그보다 젊었고, 힘도 더 셌으며, 더 폭력적이었습니다. 하지만 아마도 더 젊었기 때문에 싸움의 기술에 정통하지 못했고, 일을 아주 빠르게 해결하고 마무리하려고 했습니다. 이 남자가 도착합니다. 아주 소름 끼치는 무시무시한 분위기를 풍기면서요. 그는 우리와 함께 모인 몇몇 사람을 알고 있습니다. 그는 우리 테이블에 앉아서 말합니다. "이리고옌[86] 선생의 건강을 위해, 지금 여러분 모두에게 건배를 권하고 싶습니다." 너무나도 분명하게 이건 보수당원인 파레데스에게 도전하는 말입니다. 나는 파레데스가 어떤 반응을 보일지 기다렸습니다. 하지만 파레데스는 얼굴색 하나 바뀌지 않고서 말했습니다. "좋아요, 젊은이. 난 누구를 위해서라도 기꺼이 건배할

86 이폴리토 이리고옌(Hipólito Yrigoyen, 1852~1933). '급진 시민 연합' 소속의 아르헨티나의 정치인. 1916년에서 1922년까지, 그리고 1928년에서 1930년까지 두 번에 걸쳐 대통령을 역임했다.(옮긴이 주)

용의가 있소."

"누구를 위해서라도"라는 그 말에는 이미 경멸적인 어감이 들어 있습니다. 그것은 이리고옌 선생이라는 사람의 상태가 축소되어 있기 때문이지요. 하지만 상대방은 당연히 그 제의를 받아들여야만 했고, 우리는 모두 이리고옌 선생을 위해 건배했지요. 그러고서 5분, 아니 10분 정도 지나자, 파레데스가 말했습니다. "여러분, 이제 나는 여기에 있는 누구누구의 건강을 위해 건배를 권하고 싶습니다." 그 말을 마치고서 그는 함께 있던 사람 중의 하나를 가리켰지요. 도전자 역시 건배해야만 했습니다. 그곳에 있는 사람에게 무례한 짓을 할 이유는 없었으니까요. 그 무대는 한 시간 정도 지속되었지요. 그렇게 모두의 건강을 위해 건배를 했는데…… 심지어 나를 위해서도 건배를 했답니다! 파레데스가 이렇게 말했거든요. "그럼 이제 이 젊은 보르헤스를 위해 건배를 권하고 싶습니다. 난 그가 세라노 거리에 살았다는 것을 알고 있으며, 여기, 여러분이 보는 여기에서는 이제 작가입니다." 사람들은 나를 위해서도 건배했고, 나는 고마워했습니다. 그것이 파레데스가 가진 기술의 한 부분임을 깨달았기 때문이지요. 하지만 한 시간 동안의 건배가 끝나자,

그러니까 파레데스가 제안한 건배와 싸움꾼이 수락한 건배가 끝나자, 상대방은 자기도 모르게 이미 어느 정도 파레데스의 하인이 되어 있었습니다. 파레데스가 건배를 제안하는 사람이고, 상대방은 건배를 수락하는 사람이 되어 있었기 때문이지요. 그래서 갑자기, 그러니까 느닷없이 파레데스가 자리에서 일어나 우리에게 말했습니다. "여러분, 잠시 양해를 부탁드립니다. 저는 이곳에 온 이 젊은이와 몇 마디 나누고 싶습니다." 그러고는 우리를 안심시켰습니다. 걱정하지 말라는 말로 우리를 안심시켰는데, 사실 그 말은 협박이었습니다. "걱정하지 마십시오. 곧 돌아오겠습니다." 그는 이렇게 말했고, 두 사람은 그곳에서 나갔습니다. 상대방은 파레데스에게 용서해 달라고 말하고서 그곳을 떠났습니다. 아마도 그가 떠난 건 용감하지 않아서가 아니라, 이미 졌기 때문이었을 겁니다. 그것은 파레데스가 이미 상대방이 굴복한…… 음, 그러니까 꼼짝할 수 없는 곳으로 데려갔기 때문입니다. 나는 이런 유형의 장면을 여러 번 보았습니다.

그렇습니다. 아마도 파레데스가 그날 밤 사용한 것은 과거의 언젠가 널리 퍼져 있던 기술에 해당합니다.

모레이라[87]와 '검은 개미',[88] 그리고 파스토르 루나[89]는 이런 것을 어느 정도 알고 있었겠지요. 그러니까 심리적인 일, 심리적으로 해야 할 작업이 있었습니다. 물론 물리적인 일, 다시 말해 단도를 잘 다루는 것도 있었지요. 단도를 잘 다루는 일에 관해 여러분에게 다른 일화를 들려드리겠습니다.

후안 무라냐와 '칠레인' 사베리오 수아레스는 감옥에서 나왔습니다. 두 사람은 아주 기분이 좋았습니다. 이미 빚도 청산한 상태였습니다. 두 사람은 감옥에 1년 정도 있었습니다. 그들은 나와서 코가 비뚤어지도록 술을 마셨고, 자유를 되찾은 것을 축하했지요. 두 사람은 친구이자 적이었습니다. 그런데 수아레스가 무라냐에게 다가와서 말했습니다. "어디에 새겨 주면 좋겠어?" 그러자 수아레스가 자극하기를,

87 후안 모레이라(Juan Moreira, 1829~1874). 아르헨티나의 가우초이자 무법자, 민중의 영웅. 아르헨티나의 가장 유명한 시골 도적 중의 한 사람이다.(옮긴이 주)

88 기예르모 오요스(Guillermo Hoyos, 1837~1918). 아르헨티나의 가우초이며 '검은 개미'라는 별명으로 널리 알려져 있다. 용감하며 잘 싸우는 가우초의 상징이며, 에두아르도 구티에레스는 그의 별명 '검은 개미'라는 제목으로 그의 삶에 관한 소설을 썼다.(옮긴이 주)

89 Pastor Luna(1846~1872). 팜파 지역의 유명한 가우초, 도적. 에두아르도 구티에레스가 그의 삶을 소설로 썼다.(옮긴이 주)

그러니까 그의 우정 어린 자극을 기다리던 무라냐는 즉시 재킷의 진동에 숨겨서 갖고 다니던 단도를 꺼내 그의 얼굴을 베고서 말했습니다. "여기." 그런 다음 두 사람은 얼싸안았습니다. 그 모든 게 장난에 지나지 않았거든요. 그리고 '칠레인'은 죽을 때까지 그 표시를, 그러니까 후안 무라냐의 단도가 새겨 준 자필 서명과 다름없는 것을 지니고 다녔습니다. 하지만 두 사람은 계속 좋은 친구로 지냈습니다.

무라냐에 관해 말하자면, 그는 그다지 영광스럽지 않은 죽음을 맞았습니다. 짐마차꾼이었던 그는 몹시 술에 취했던 어느 날 밤, 라스 에라스 거리의 마부석에서 떨어져 죽고 말았습니다. 내가 보기에는 그보다는 나은 죽음을 맞이할 자격이 있던 사람입니다. 캘리포니아에서 금광을 발견한 것에 대해 쓴 마크 트웨인의 책이 있습니다. 그 작품에서는 건달들, 그러니까 킬러, 즉 단도가 아니라 총기를 사용하던 살인자들은 아무하고나 싸우지 않았습니다. 필요한 경우에만, 그러니까 그만한 가치가 있을 때만…… 다시 말하면 건달 혹은 킬러의 손에 죽을 수 있는 사람만 죽였습니다.[90] 그건 아무나 할

90 『유랑』 48장에 수록된 내용이다. 거기서 마크 트웨인은 이렇게 말한다. "네바다주에서 가장 유명한 사람들은 연발총을 휘두르는 이런

수 있는 일이 아니지요.

그렇습니다. 나는 우리 집 근처에 치리노 경사가 살았던 것을 기억합니다. 치리노 경사는 그의 총검으로 후안 모레이라를 찔렀습니다. 모레이라는 에스트레야 동네의 집에서(아니 나바로나 로보스에 있는 집이었을 것으로 생각되는데, 잘 모르겠군요.) 나와, 아니 집 뒤쪽으로 도망치고 있었지요. 그는 총검으로 그를 찔렀고, 자기가 그토록 유명한 건달이자 도적인 후안 모레이라를 죽였다는 사실을 알고서 어리둥절했습니다. 이런 큰일을 했지만, 그는 그 어떤 명예도 얻지 못했습니다. 그는 아무도 모르는 경찰 경사였습니다. 그런데 그가 그 유명한 모레이라를 죽일 만한 사람이었을까요? 그래서 사람들은 그를 절대로

부류의 영웅이었다. (……) 그들은 용감하고 무자비한 사람들이었고 (……) 꼭 해야 할 말이 있으니, 그것은 그들이 대부분 자기들끼리 죽고 죽였으며, 평온하고 온화한 시민들은 좀처럼 괴롭히지 않았는데, 그것은 '방아쇠를 당기지 않는' 사람, 그러니까 자기들 부류가 아닌 사람을 죽이는 그런 싸구려 행위는 자신의 명성에 그다지 도움이 되지 않을 거라고 여겼기 때문이다. 그들은 최소한의 도발에도 서로 죽고 죽였으며, 그렇게 살해되어 죽기를 바랐는데, 그것은 횡사(橫死)가 아닌 다른 방식으로 죽는 걸 거의 수치로 여겼기 때문이다. 나는 이런 무법자 중의 하나가 평범한 시민의 목숨을 빼앗는 것을 절대적으로 경멸하고 관심을 보이지 않았다는 것을 기억한다."

용서하지 않았습니다. 초등학교 어린애들이었던 우리는 나이 든 그 경사를 쳐다보았습니다. 좋지 않게 바라보았는데, 그것은 그가 물불을 가리지 않고 무모한 일을 한 사람으로 보였기 때문이지요. 나는 그것과 비슷한 사건 얘기도 들었습니다. 아바스토 시장의 노이[91] 사건입니다. 그는 어느 청년과 몇 마디를 주고받았는데, 그 청년은 상대방이 유명한 건달이라는 사실을 모르고 있었지요. 그런데 그 청년이 건방지게도 권총을 꺼내 그를 죽이고 말았습니다. 그러고서 그는 동네를 떠나야만 했어요. 사람들이 별것도 아닌 그가 주제도 모르고 노이를, 너무도 유명하고 수많은 사람을 죽인 그를 죽였다는 것을 무례한 일로 여기고 용서하지 않았기 때문이지요.

그럼 이제 건달에 대해 말하겠습니다. 루고네스가 말하는 바에 따르면, 건달은 사업이나 협상 따위에는

91 '노이'는 아바스토 옛 시장의 건달로, 엔리케 카디카모(Enrique Cadícamo, 1900~1999, 아르헨티나 시인이며 작곡가이자 작가. 800곡이 넘는 노래를 작곡했다.)가 「부에노스아이레스의 가수」에서 언급한 사람이다. 보르헤스는 『아르헨티나 사람들의 언어』(1928)에 수록된 글 「탱고의 기원」에서 그를 인용한다. 또한 1963년에 콜롬비아의 안티오키아 대학에서 행한 강연 「탱고와 변두리」에서 그의 죽음을 떠올린다. 이 강연은 멕시코시티에서 출간되는 《자유 문학》 Vol. 7, No. 82(2005년 10월호)에 수록되어 있다.

젬병이었습니다. 다시 말하면 사심이 없는 싸움꾼이었고, 그들 대부분은 지방 토호 세력의 수행원이었습니다. 당시 그들은 어느 정도, 아니 상당한 정도의 무처벌 특권을 누리고 있었습니다. 무엇보다도 그들을 고용한 토호들이 중요하게 생각한 것은 확실하게 용기 있는 사람들이 자기 휘하에 있음을 알게 하는 것이었습니다. 그래서 그들을 보호했지요. 일반적으로 그들은 사람을 죽인 사람들이었습니다. 그래서 사람들을 시켜 그들을 찾아오게 해서, 감옥에 가두겠다고 위협했지요. 그러면 이 사람들은 주인이 명령하는 대로 하는 수밖에 다른 도리가 없었습니다. 그중에는 싸움꾼이 아닌 사람도 있었습니다.

예를 들어 파레데스는 내게 후안 무라냐에 대해 말해 주었습니다. 그는 무식하고 지성이라는 게 거의 없는 사람이었습니다. 너무나 그랬기에, 사람들이 그의 화를 돋우어도 거의 눈치를 채지 못했습니다. 그래서 파레데스는 이렇게 말해 주어야 했습니다. "모르겠어, 후안? 저들이 지금 널 욕하는 거야. 자, 어서 가서 싸워." 그러면 그는 싸웠습니다.[92] 나는 무라냐의 어느

92 『에바리스토 카리에고』에 수록된 「이단 미사」에서 보르헤스는 이렇게 설명한다. "그 유명한 후안 무라냐도 순순히 복종하는 싸움 기계

싸움에 대해서 들었습니다. 한 청년이 그와 싸우겠다고 고집을 피웠던 것 같습니다. 무라냐는 싸우려고 하지 않았습니다. 자기가 상대방을 이길 것임을 잘 알았기 때문이지요. 게다가 그는 적을 죽이는 걸 철칙으로 삼았고, 언젠가 자기를 죽이게 될 괴물을 키우고 싶어 하지 않았지요. 그래서 그는 우선 그 청년에게 안 된다고 말했고, 상대방이 단념하도록 있는 힘을 다했습니다. 마침내 그는 조건을 하나 제시했습니다. 밧줄로 두 사람의 오른쪽 다리를 묶자는 것이었습니다. 그러면 목숨을 걸고 싸워야만 했거든요. 두 사람 중에서 그 누구도 물러설 수 없었으니까요. 그렇게 결투가 이루어졌고, 마침내 사람들은 밧줄을 풀고 무라냐를 도발했던 경솔한 청년의 시체를 가져가야만 했습니다.

아마도 내가 알지 못하는 사람들을 도발했던 사람들의 경우를 이미 말했다고 생각합니다. 하지만 그들은 돈 때문이 아니라, 그저 그 '용기'라는 종교의 독실한 신자가 되기 위해 그렇게 한 것입니다. 그럼 이제 우리는 '건달'이 가장 훌륭한 콤파드레의 유형이라고

였지만, 상대를 죽여 버리는 엄청난 팔 힘과 두려울 정도의 완벽한 무능함 외에는 큰 특징이 없었다. 그는 언제 행동해야 할지 몰랐고, 눈으로, 그러니까 노예의 영혼으로 그날의 주인에게 허락을 구했다."

말할 수 있을 테지만, 모두가 그랬던 것은 아닙니다. 에바리스토 카리에고는 그의 시 「건달」에서 여러 인물을 뒤섞습니다. 예를 들어 기타 연주자라서 건달이라고 하고, 춤추는 사람이라서 건달이라고도 합니다. 한 사람의 건달이 이 모든 게 될 수는 있지만, 일반적으로 그렇지는 않습니다. 간단히 말하면, 대개 건달은 한 사람 또는 여러 사람과 언제든지 싸울 준비가 되어 있는 사람을 말합니다. 그러나 탱고에 직접 영향을 끼치는 사람은 건달이 아니라, 오히려 여자들에 기대어 사는 기둥서방이나 뚜쟁이입니다. 물론 건달을 흉내 내려고 했고, 때로는 건달인 적도 있습니다. 이런 사람들 사이에서 경쟁은 치열했고, 그 경쟁을 칼싸움으로 해결하곤 했기 때문입니다.

레콜레타 동네의 또 다른 토호에 관해 나는 그가 항상 이렇게 말했다는 소리를 들었습니다. "여기에는 우리에게 필요한 게 모두 있는데, 그건 바로 병원과 감옥과 묘지야." 그들에게는 다른 게 필요하지 않았습니다. 이제 사창굴에 대해 말해 보지요. 완전히 반대되는 두 유형이 그곳에서 모입니다. 당시 사회의 두 극단이 모인 것이지요. 뚜쟁이와 부잣집 도련님이자 젊은 불량배가 모이는 겁니다. 물론 부잣집 도련님이자 불량배란 모든 부잣집 도련님들이 불량배라는 소리는 아닙니다. 정반대입니다. 그들 대부분은 젊은 불량배와 반대입니다. 또한 이 젊은 불량배들은 그냥 거리에서 사람들을 못살게 굴기만 했습니다. 이것과 관련된 시가 있는데, 이 시 때문에 나는 셀레도니오 플로레스[93]를 부러워합니다. 의심의 여지 없이 여러분도 모두 이 시를 기억할 겁니다.

> 멋쟁이가 그들에게 주먹을 날리자,
> 건달들은 당신 동네의 길모퉁이[94] 옆에 쓰러졌고,
> 그 거친 불량배들은 당신을 빛나게 해 주었지,
> 저 1902년 무렵에.

93 Celedonio Flores(1896~1947). 대중 시인이며 탱고 작사가로 부에노스 아이레스의 보헤미아 세계에서 두각을 나타낸 인물. 젊었을 때 권투 선수였다.

94 보르헤스는 「코리엔테스와 에스메랄다 거리」(1933)를 낭송하는데, 이 탱고는 셀레도니오 플로레스가 가사를 쓰고 프란시스코 프라카니코가 곡을 붙인 노래다. 이 가사는 호르헤 뉴베리(1875~1914)가 주인공이 되었던 사건을 언급한다. 그는 당시 고급 사교 클럽부터 싸구려 도박장 또는 코리엔테스 거리와 에스메랄다 거리가 만나는 사거리를 돌아다닌 '부잣집 도련님'이었다. 속물 청년답게 당시 유행하던 모든 스포츠를 즐겼는데, 그중에는 과학 스포츠로 알려진 권투도 있었다. 이 노래는 뉴베리와 그 길모퉁이를 배회하던 콤파드리토들과의 싸움에서 뉴베리가 턱에 크로스카운터 펀치를 날려 다운시켰음을 말하고 있다.

그 '거친 불량배들'은 물론 귀찮은 싸움꾼이었지만, 사람을 죽이지는 않았습니다. 라스트라는 그의 책 『1900년대의 기억』에서 그 사실을 말하고 있습니다. 또한 그들은 칭찬받을 일도 했습니다. 1910년 무렵에, 그러니까 우리 나라가 5월 혁명 100주년을 기념하려고 할 때, 무정부주의자 한 무리가 그 축제에 찬물을 끼얹기로 하고, 레티로 근처의 인쇄소에서 불법 유인물을 인쇄했거나 인쇄 중이었습니다. 부잣집 도련님들로 이루어진 불량배 무리가 그 목적을 알게 되었고, 인쇄소로 쳐들어갔습니다. 그곳에서 총알 세례를 받았지만, 경찰이 도착하기 전에 그 무정부주의자들을 제압하여 무력화시켰답니다. 다시 말하면, 목숨을 걸었던 것이지요. 조국을 위해, 대의를 위해 말입니다.

그럼 이제 부잣집 도련님인 젊은 불량배들에 대해 말해 보지요. 콤파드리토의 눈에 그들은 거의 기적 같은 존재들이었습니다. 콤파드리토는 가우초처럼 단도나 칼을 갖고 싸웠기 때문입니다. 물론 후안 모레이라 같은 몇몇 사람은 총기도 사용했지만 말입니다. 그래서 그들에게 단도나 칼로 싸우지 않는 사람은 거의 기적적인 존재였습니다. 그런데 바로 부잣집 도련님이자 불량배인 '파토테로'들이 그랬던 것입니다. 그들은 영국에서 그 새롭고 신비스러운 기술, 그러니까 '권투'라고 불리는 기예를 가져왔습니다. 에르네스토 팔라시오[95]의 작은아버지가 내게 그 시절에 대해 말해 주었는데, 다시 말하면 20세기 초에 대해 말하면서, 콤파드리토들이 "사각형 링이 우리를 가두었어."라는 말을 즐겨 사용했다고 이야기해 주었습니다. 그 말은 그들이 권투를 보고서 깜짝 놀랐다는 뜻이었습니다.

또 어느 시인, 내가 보기에는 아주 훌륭한 시인의 아버지가 들려준 일화도 떠오릅니다. 울리세스 페티트 데 무라트[96]였지요. 울리세스 페티트와 그의 동생이 안데스 거리 모퉁이, 그러니까 우리부루 거리와 산타페 거리가 만나는 사거리를 지나가고 있었습니다. 거기에 콤파드레 불량배 무리가 있었어요. 콤파드레들 역시 부잣집 도련님인 불량배들이었는데, 그 불량배들은 다른 부잣집 도련님 패거리와 달리 무기를 소지하고 다녔지요. 그때 그들 중 하나가

95 Ernesto Palacio(1900~1979). 민족주의 성향의 아르헨티나 역사가.

96 Ulises Petit de Murat(1907~1983). 아르헨티나의 시인이며 보르헤스의 친구. 아버지 이름도 '울리세스'였으며, 그는 자기 작품을 '율리시스'라는 이름으로 출간했다.

당시의 습관(이미 말했던 것처럼, 당시에는 일반 사람이 있는 옷과 부잣집 도련님들이 입는 옷은 상당한 차이가 있었습니다.)에 따라 자케트[97]를 입고 있던 페티트 데 무라트를 도발하려고 "앙쿠, 야쿠민!"이라고 말했습니다. '앙쿠'는 '어이구!'라는 의미인데, 아직도 아르헨티나에서 사용하는지, 그리고 그것도 고어인지는 잘 모르겠습니다. 사실 내 조카들은 내가 부에노스아이레스 은어인 '룬파르도'로 말하려고 할 때마다, 나보고 고어를 쓴다고 하거든요. 하지만 '앙쿠'가 멍청이라는 의미로 아직도 사용된다고 나는 생각합니다. 그건 그렇고, 이 콤파드레는 "앙쿠, 야쿠민!"이라고 말했습니다. '야쿠민'이라는 말은 제노바 사람이라는 뜻이지만, 여기에서는 옷을 잘 차려입고 다니는 사람을 놀리는 말입니다. 그러니까 그 말은 '멍청이, 멋쟁이'라는 뜻이지요. 그러자 얼굴색 하나 바꾸지 않고서 페티트 데 무라트는 그를 주먹 한 방으로 때려눕히고는 이렇게 말했답니다. "앙쿠, 한주먹이면 충분하네, 친구." 그러자 그들 중 하나가 권총을 꺼냈고, 그 일은 없던 것이 되고 말았지요.

97 모닝코트와 바지로 구성된 남성 예복. 모닝코트는 앞부분을 경사지게 도려내어 허리 높이에서 뒤로 열려 두 개의 옷자락을 이룬다.

이제는 국립 도서관 직원인 토소가 내게 들려준 다른 일화를 이야기하겠습니다. 이것은 약 10년, 아니 12년 전에 라누스에서 일어났던 일입니다. 주인공 이름은 잊었지만, 나는 그가 멋진 젊은이고 용감한 청년이며 열심히 일하는 사람이며, 여자들에게 인기가 좋은 청년이었지만, 콤파드레들이 그런 걸 용납하지 않았다는 건 압니다. 그러자 '좀도둑'이라는 그리 유망하지 않은 이름의 패거리가 그를 죽여 버리면서 그 일을 해결했습니다. 상당히 기발한 방법으로 제거했는데, 모두가 처벌받지 않을 게 확실한 방법이었지요. 그들은 우리의 청년이 특정 가게에 간다는 사실을 알고 있었고, 토소는 내게 그 가게에 데려가 보여 주겠다고 약속했습니다. '좀도둑'들은 이제 그곳 주위를 어슬렁거리지 않는 것 같았습니다. 그렇지 않았다면, 내가 그 초대를 받아들였을지 나도 모르겠습니다. 어쨌든 그 가게에서 '좀도둑'들은 한 테이블에 앉아 카드놀이를 하고 있었습니다. 그런데 그중의 하나가 다른 사람에게 속임수를 쓴다고 비난했습니다. 아마도 그에게 소매에 스페이드 에이스 카드나 그와 비슷한 것을 넣고 있다고 말했을 겁니다. 그러자 그들 사이에 총싸움이 벌어졌고, 총알 하나가, 전혀 우연이라고 볼 수 없는 총알 하나가 이 이야기의 주인공을 죽였고, 다른 사람들은 화를 면했습니다.

이렇게 우리는 탱고에서 유래한 두 인물을 보았습니다. 우리는 콤파드레를 살펴보았는데, 그는 자기 자신을 가우초로 여겼습니다. 여기에서 한 가지 의문이 듭니다. 하지만 이 모든 것을 확인하려면 오랫동안 연구를 해야 할 것입니다. 그것은 가우초가 '가우초'라고 불렸다면, 과연 가우초가 자신을 가우초로 보았을까 하는 것입니다. 실제로 『마르틴 피에로』에서는 이렇게 말합니다. "나는 가우초니, 그렇게 아시오."[98] 그러고서는 이렇게 말하지요. "이건 완전히 사실이다."[99] 하지만 나는 가우초가 그런 말을 했으리라고 생각하지는 않습니다. 내 생각인데, '가우초'라는 단어는 처음에 어느 정도 경멸적인 뒷맛이 있었을 것이고, 그래서 가우초들은 자기 자신을 '가우초'라고 부르지 않았을 것입니다. 콤파드레는 자기 자신을 '크리오요', 즉 아르헨티나에서 태어난 가난한 백인이라고 불렀지만,

98 『마르틴 피에로』 14연.

99 『마르틴 피에로의 귀환』 15연. "그러나 나는 내 길을 가고/ 그 무엇도 내 발길을 돌리지 못하리라./ 나는 진실만을 말하리./ 난 입발림하는 사람이 아니다./ 여기에는 거짓이나 가짜가 없다./ 이건 완전히 사실이다."

결코 '콤파드레'라고는 부르지 않았습니다. 아마도 지금은 「사이네테」라는 1막 희극과 탱고 가사의 영향 때문에 그렇게 부를 수도 있을 겁니다. 그러나 처음에 두 단어는 분명히 경멸적인 의미로 사용되었을 것이고, 그렇게 불릴 자격이 있는 사람들은 사용하지 않았을 겁니다.

지금 우리는 탱고의 장소를 알아보고 있었습니다. 그곳은 타락한 삶의 집이며, 교도소 근처에 있던 아델라의 천막이었는데, 그곳에서 유명한 춤 파티가 벌어졌습니다. 그리고 칠레 거리에 있던 무도장, 그리고 벤투라 린치[100]가 부에노스아이레스의 가장 큰 문제에 관한 그의 책에서 명명하는 것처럼, '저질' 카지노들이 바로 탱고와 관련된 장소입니다. 그 저질 카지노들은 1870년대 후반에 콘스티투시온 동네 근처와 온세 광장 근처에, 다시 말하면 짐수레 정거장 근처에 있었습니다. 벤투라 린치 자신도 '짐수레꾼들의 춤'에 대해 말합니다.

그럼 탱고의 세 번째 인물을 알아보지요. 이 세 번째

100 로부스티아노 벤투라 린치(41번 주석 참고.)는 『부에노스아이레스 지방과 공화국의 중대한 문제를 규정하기』(1883)라는 제목의 책에 원주민과 가우초의 풍습에 관한 그의 글을 모아 놓았다. 이후의 판본은 『부에노스아이레스 가요집』과 『부에노스아이레스의 민속』이라는 제목으로 출간되었다.

인물은 여자입니다. 몇몇 여자들은 아르헨티나 태생의 백인이었습니다. 하지만 20세기 초에는 이미 외국에서 들어온 가난한 여자들로 대부분 바뀌어 있었습니다. 프랑스 여자들도 있었는데, 그들은 몇몇 탱고에 자기 이름을 남겼습니다. 탱고 '제르맹'을 떠올려봅시다. 탱고 '이베트'도 기억해 봅시다. 그러고는 중부 유럽에서 온 여자들도 있었지요. 폴란드 여자들이었습니다. '발레스카스'라고 불렸는데, 내가 이 말을 카리에고에서 들은 것인지 잘 기억이 나지는 않습니다. 이렇게 폴란드 여자들도 있었습니다. 이 세 인물과 함께 탱고가 나타납니다.

탱고는 뿌리가 밀롱가에 있습니다. 또한 아바네라[101]에도 있습니다. 다른 강연에서 좀 더 자세히 말하게 될 책, 그러니까 비센테 로시의 『흑인들의 음악 세계』는 이 모든 것이 아프리카에 기원을 두고 있다고 추정합니다. 하지만 그 아프리카 기원설은 큰 관련이 없을 겁니다. '밀롱가'와 '탱고'라는 단어의 음성은 아프리카의 소리라는 것을 암시하지만, 우리 가족과 수많은 가족에게서 전해 들은 바에 따르면,

101　19세기 초반에 쿠바에서 생긴 음악 장르.(옮긴이 주)

나는 흑인들이 자신들의 조국을 잊었고, 자신들의 언어를 잊었으며, 이제는 고작해야 몇몇 단어만 남아 있다는 사실을 알게 되었습니다. 비센테 로시가 말하는 것처럼, '검은 구두약의 망각'에 빠진 것입니다. 아마도 많은 흑인은 자기 조상이 레티로 광장의 노예 시장에서 팔렸다는 사실조차 모를 것입니다. 그것은 그들이 역사를 기억하지 못하기 때문입니다. 그러나 아마 밀롱가나 탱고가 탄생하도록 도움은 주었을 겁니다. 미국의 '탱고'라고 말할 수 있는 재즈에 도움을 준 것처럼 말입니다. 사실 재즈는 내가 설명했던 것과 비슷한 분위기에서 모습을 드러냅니다. 그것은 그런 곳에서, 그리고 이곳보다 흑인 인구가 많고 더 몰려 있는 곳에서 탄생합니다. 몬테비데오만 하더라도 부에노스아이레스보다 흑인 비율이 더 높았고, 그건 지금도 그렇습니다. 현재 부에노스아이레스에는 흑인이 거의 보이지 않습니다. 나는 「가무잡잡한 사람들의 밀롱가」라는 시를 썼습니다. 그 밀롱가에서 나는 "마르틴 피에로는 흑인 한 명을 죽였다."라고 말합니다. 그러고서 "그것은 모든 흑인을 죽인 것과 거의 마찬가지"라고 썼습니다. 그것은 실제로 흑인이 이곳에서는 아주 드물기 때문입니다.

자, 그러면 다시 비센테 로시에 관해 말해 보지요. 그는 '학원'이라고 불리던 춤추는 집에 대해 말합니다. 가장 유명한 집은 몬테비데오의 구도심 남쪽에 있던, 그러니까 항구 주변의 '바호' 지역에 있던 산 펠리페 학원이었습니다. 물론 다른 동네에도 그런 학원들은 있었습니다. 비센테 로시는 그의 소중한 책에서—그가 그 책을 쓰지 않았더라면 이런 자료가 소실되었을 것이기 때문에—가사를 구했습니다. 그러나 그 가사는 대부분 입에 올리기에도 부끄럽기에, 나는 그 가사를 반복하면서 그 누구의 귀도 불쾌하게 만들고 싶지 않습니다. 그런데 그 책은 가사뿐만 아니라 초기 밀롱가의 음악도 구해 냈습니다. 가르시아 선생님은 내게 그 음악이 아주 단순하다고 말했습니다. 나는 음악에는 문외한이지만, 이미 그런 사실을 알고 있었습니다. 작곡가들은 글을 쓸 줄도 읽을 줄도 몰랐거든요. 작곡가들은 휘파람을 불거나 밀롱가를 흥얼거렸답니다. 그런 다음 누군가가 그들에게 가사를 적어 주었고, 의심할 필요 없이 그들은 그것을 약간만 고쳤습니다. 그러나 지금 내가 말하려고 하는 것은 그다지 생생하지 않을 겁니다. 나는 탱고의 그 오래되고 희미하며 소박하고 비천하며 선구적인 가사를 직접 듣는 것 같은 느낌입니다. 여러분이 내게 새롭고 과감한 수사법을 써도 좋다고 허락한다면, 이제 가르시아 선생님에게 황금 핀으로 꽂아 달라고, 그러니까 몇몇 밀롱가를, 그러고서 오래된 탱고 몇 곡을 우리에게 들려주는 것으로 이 강연을 멋지게 마무리해 달라고 부탁하고 싶습니다. 여러분은 이렇게 오래된 밀롱가와 탱고를 들으면서, 기법은 발전했지만 정신은 똑같다는 것을 알 수 있을 겁니다. 나는 그 어떤 노래의 제목도 말하지 않고 이 강연을 마칠 자신이 없습니다. 내가 살면서 처음으로 들은 탱고는 「엘 초클로」였다고 생각합니다. 물론 「라 모로차」일 수도 있습니다. 하지만 나는 「엘 초클로」였다고 믿습니다. 사람들은 그것에 정말로 파렴치한 가사를 덧붙였고, 나는 그것을 그대로 따랐습니다. 그게 있을 수 없는 가사라는 걸 깨닫지 못하고 「엘 초클로」의 가사라고 생각했기 때문이지요. 하지만 내가 다시 경솔한 짓을 할지도 모른다고 두려워하지는 마십시오. 그 가사는 단순한데, 그것은 1880년대 후반에 몬테비데오의 불한당이 춤추었던 밀롱가이기 때문입니다. 그 안에는 예언이라도 하듯이 탱고가 있습니다. 탱고가 이후 어떻게 발전했는지는 다음 대담에서 알아보겠습니다.[102]

102 두 번째 강연을 마치기 전에, 한 여자가 개입해서 여러 밀롱가 제목을 말해 준다. 여기서 우리는 그 상황을 그대로 재연한다. 여자는 말한다. “여기를 보십시오. 가르시아 선생님은 이 모든 밀롱가의 작자는 미상이라고 말하는데, 아마 너덧 곡 정도 될 겁니다. 첫 번째 노래는 「뻔뻔한 얼굴」입니다. 두 번째 밀롱가는 「경찰관」입니다. 이제 이 밀롱가는 「카넬로네스의 여인」이라고 불립니다. 지금 가르시아 선생님이 연주할 밀롱가는 보르헤스가 가장 좋아하는 노래로, 제목은 「감자를 곁들인 고등어 요리」입니다. 이제 밀롱가는 모두 끝났지만, 가르시아 선생님은 보르헤스 교수님이 그가 아주 좋아하는 탱고 「엘 초클로」를 연주해 달라고 부탁했다고 말씀하십니다.” 이런 각각의 말 중간에 그곳에 있던 음악가 카를로스 가르시아가 노래를 연주한다. 관객은 열렬히 박수를 친다.

세 번째 강연

발전과 확장

독립 혁명 100주년의 아르헨티나

기념행사와 핼리 혜성

세계에서 인정받은 아르헨티나

탱고, 유럽에 가다

탱고의 발전에 관한 생각

부단히 발전하는 슬픔 :
밀롱가, 초기 탱고,
잘난 체하는 노래와
'눈물 짜는' 탱고

카를로스 가르델

서사시가 될 수 있는 조각들

로마스 데 사모라 외곽의 일화들

안녕하십니까.

우리는 탱고의 전성기, 그러니까 1910년과 1914년 사이의 기간을 다루고자 합니다. 전성기가 1914년인 이유는 바로 그해에 1차 세계 대전이 일어나고, 자연히 탱고는 전쟁의 수면 아래로 사라지기 때문입니다. 여러분이 잘 아는 것처럼 1910년은 우리 나라가 독립한 지 100주년이 되는 해입니다. 그래서 지금 루벤 다리오의 「아르헨티나 송가」,[103] 그리고 레오폴도 루고네스가 호라티우스식으로 『백 년 송가』[104]라고 붙인 시집을 다시 읽으면, 우리는 축배의 감정, 다소 전통적이고 의무적인 열정의 느낌에 젖어듭니다. 그러나 사실 이 두 편의 시에다가 그 시기의 수많은 시를 예로 덧붙일 수 있는데, 그것들은 일종의 믿음, 즉 순수한 열정에 해당합니다. 나는 이런 인상을 주려면 이미 한참이나 멀어진 내 어린 시절의 기억으로 돌아갈 필요가 있다고 생각합니다.

103 이것은 시 「아르헨티나를 노래하며」를 지칭한다. 이 시는 루벤 다리오가 아르헨티나의 신문 《라 나시온》의 청탁을 받아 1910년에 썼다.

104 레오폴도 루고네스 역시 아르헨티나 독립 혁명 100주년을 기념하기 위해 1910년에 『백 년 송가』를 썼다.

1910년은 핼리 혜성이 나타난 해입니다. 혜성 이야기가 나왔으니 말인데, 이 혜성은 1835년에 이미 하늘에 나타난 적이 있다는 사실을 기억하고자 합니다. 바로 마크 트웨인이 태어난 해였지요. 마크 트웨인은 그 빛이, 하늘을 가로지른 그 반짝이는 먼지가 다시 돌아올 때까지 자기는 죽지 않을 것이라고 말했습니다. 그리고 정말 그렇게 되었습니다. 1910년에 핼리 혜성은 돌아왔고, 마크 트웨인은 바로 그해에 죽었습니다. 내가 지금 얘기하는 기억은 당시 내가 느꼈던 것입니다. 우리 모두가 대략 그렇게 느꼈을 거라고 생각합니다. 물론 우리는 그것이 말로 표현할 수 없는 무엇이라는 사실을 아는데, 그것은 황당한 생각이었기 때문입니다. 그러나 우리는 그 생각을 사실처럼 느꼈습니다. 우리는 그 혜성, 그러니까 내가 건너편 보도의 단층집 위에서 보았거나, 아니면 집 마당 위에서 보았던 그 혜성, 5월 혁명 100주년 조명으로 여겨진 그 혜성이 축제의 일부라고 생각했고, 하늘도 승인하고 허락한 것으로 느꼈습니다. 그렇다고 나는 그 당시가 유토피아의 시기였다고, 모두가 행복했다고, 우리가 천국에 살았다고 말하지는 않겠습니다. 그것이야말로 황당한 말일 테니까요. 그러나 이 도시가 당시는 조그마했지만 한창 성장하는 도시였고, 팽창하는 국가의 수도였다는 사실은 지적하고 싶습니다. 반면에 지금은 솔직히 그렇게 생각할 수 있을지 잘 모르겠군요.

그 당시 가난은 고작해야 한 세대의 문제였습니다. 나는 도시 끝에 있는 가난한 동네에서 자랐습니다. 우리 집은 세라노 거리의 스무 개 넘는 블록에서 두세 개 있는 2층집 중 하나였습니다. 나는 그곳에 있는 초등학교에 다녔는데, 이제 그 당시의 학교 친구를 만나면, 그가 그토록 늙었다는 사실에 놀랍니다. 물론 그 친구도 늙은 나를 보면서 놀라지요. 그 당시 학교 친구는 대부분 문맹인 이민자의 아이였지만, 이제는 대학을 졸업하고 기술사나 의사, 또는 변호사나 건축사가 되었습니다. 다시 말하면, 국가 전체가 커지는 중이었기에, 이탈리아 광장에서 세 블록 떨어진 우리 집의 물레방아가 나중에 흐르는 물로 바뀌었다는 건 전혀 중요하지 않습니다. 황무지가 많은 것도 중요하지 않습니다. (그 황무지 중의 하나에는 빨간 말이 있었고, 나는 그 말이 내 것이라고 장난하면서, 우리 부모님께 그 황무지 안에 수천 마리의 다른 말도 있다고 말했습니다.) 중요한 건 모두가 그렇게 느꼈다는 것이고, 그런 느낌은 실제로 수많은 사건을 낳았습니다.

이렇게 요약할 수 있을 것입니다. 그때까지 우리의 역사는 극적인 역사, 승리한 전쟁의 역사, 그리고 수없이 영광스럽고 힘들고 냉혹한 역사였습니다. 그런데도 그 시기까지 우리는 세상 사람들에게 그리 눈에 띄지 않았습니다. 그런데 1910년 무렵, 그러니까 1909년부터 1911년 사이에 우리를 기쁘게 하고 우리에게 감동을 준 사건들이 일어나기 시작했습니다. 나는 이사벨 공주[105]의 방문을 기억합니다. 그리고 얼마나 예의 바르게 우리가 국가(國歌)의 한 소절을 잘라 버렸는지, "새 국가의 발아래 항복한 사자가"라는 말을 삭제했는지 기억합니다. 쓰러진 사자로 인해 공주가 불편해하지 않도록, 공주를 위해 사자를 치워 버린 것입니다. 그러고서 다른 유명 인사들이 도착했습니다. 알타미라 교수[106]와 무엇보다도 그즈음에 아나톨 프랑스[107]가

105 마리아 이사벨 프란시스카 데 아시스 크리스티나(María Isabel Francisca de Asís Cristina, 1851~1931). 스페인의 공주로 '사자코'라는 별명으로 널리 알려졌다. 공적 활동 중 가장 중요한 행사는 스페인 왕실을 대표하여 1910년에 5월 혁명 100주년을 기념하는 아르헨티나에 방문한 것이다.(옮긴이 주)

106 라파엘 알타미라 크레베아(Rafael Altamira y Crevea, 1866~1951). 스페인의 역사학자이자 법학자. 스페인을 비롯해 아르헨티나, 페루, 미국, 프랑스, 영국의 여러 대학에서 강의했다.

107 Anatole France(1844~1924). 프랑스의 소설가이자 비평가. 대표작으

방문했습니다. 그 당시 강연은 보기 드문 행사였습니다. 아나톨 프랑스는 라블레의 『가르강튀아/팡타그뤼엘』에 관해 일련의 강연을 했습니다. 내밀하거나 비밀스럽다고 할 수 있는 프랑스어로 말했는데, 그건 그의 목소리가 아주 많이 저음이었기 때문이지요.

아일랜드의 철학자 버클리[108]는 "존재하는 것은 지각되는 것"이며, 또한 "존재하는 것은 지각하는 것"이라는 유명한 말을 했습니다. 그렇습니다. 그때까지 우리는 지각했습니다, 우리는 다른 나라들을 지각했고, 과거와 현재를 지각했지만, 세계로부터 특별히 지각되지는 않았습니다.

이후 유명한 방문객들이 도착합니다. 그리고 루고네스와 다리오가 노래한 그 환희의 순간이 됩니다. 그리고 새로운 소식이 도착합니다. 우리 모두를 감동하게 만든 소식입니다. 그것은 파리가 탱고를 추며, 이후 런던과 로마, 빈, 베를린에서, 심지어 당시 명칭을

로 『타이스』, 『신들은 목마르다』가 있다. 1921년 노벨 문학상을 수상했다.(옮긴이 주)

108 조지 버클리(George Berkeley, 1685~1753). 아일랜드의 철학자이자 성공회 주교. 우리가 인식하는 대상은 정확히 그들이 감지되는 만큼 존재한다는 것을 이론화했다. 대표작으로 『새로운 시각 이론에 관한 시론』, 『인간 지식의 원리론』이 있다.(옮긴이 주)

사용하자면 상트페테르부르크[109]에서도 탱고를 춘다는 소식이었습니다. 그 소식을 듣고 우리 모두는 기뻐 어쩔 줄 몰랐습니다. 물론 그 탱고는 부에노스아이레스나 몬테비데오 혹은 로사리오나 라플라타의 지저분한 싸구려 집에서 추던 것과 똑같지는 않았습니다. 명석한 지성의 상징일 뿐 아니라 자유분방함의 상징인 파리에서 탱고가 점잖고 품위를 갖춘다는 건 이상한 일입니다. 탱고가 본래의 코르테와 케브라다(코르테와 케브라다를 별개의 것으로 말하기도 했습니다.)를 잃어버리고, 일종의 육감적인 몸짓으로 바뀌었다는 사실은 유례를 찾아보기 힘든 일입니다.

그러나 그것 외에도 1900년, 아니 1890년대 후반부터 1910년까지 다른 일도 있었습니다. 무엇보다도 우리는 새로운 악기를 갖게 됩니다. 오늘날 탱고와 떼려야 뗄 수 없는 것 같은 악기, 바로 앞서 말했던 반도네온입니다. 초기 오케스트라, 그러니까 피아노와 플루트, 그리고 바이올린과 코넷으로 이루어진 그

109 상트페테르부르크는 1703년 러시아 제국의 차르인 표트르 대제가 설립한 도시이다. 1914년에는 페트로그라드로 불렸으며, 1924년 이후에는 레닌그라드로 불렸다. 보르헤스가 이 강연했을 때는 레닌그라드라는 이름으로 불렸다. 최근에, 그러니까 1991년에 원래 이름인 상트페테르부르크를 되찾았다.

악단은 알지 못했던 악기입니다. 그 악기는 탱고 음악에, 그러니까 탱고가 진화하는 데 충분히 영향을 주었을 수 있습니다. 그리고 다른 의견도 있는데, 나는 이걸 그리 믿지 않지만, 지금은 이 의견에 대해 말하고자 합니다. 세르히오 피녜라[110]는 그 의견을 밝히고서 1925년경에 잡지 《마르틴 피에로》에 실었으며, 아마도 리카르도 구이랄데스[111]도 그랬으리라고 생각합니다. 우리가 살펴본 것처럼, 탱고는 밀롱가에서 탄생하여 시작됩니다. 그리고 처음에는 씩씩하고 활발하며 행복한 춤이었습니다. 그런 다음 탱고는 기운을 잃고 슬퍼지다가, 얼마 전에 에르네스토 사바토[112]가 출간한 책에서 말한 내용이 될 정도에 이릅니다. 그가 쓴 탱고 관련 서적에서는 "탱고는 춤추는 슬픈 사상"[113]이라는

110 세르히오 피녜라의 글 「탱고를 구합시다」는 《마르틴 피에로》 19호(1925년 7월 18일)와 20호(1925년 8월 5일)에 실렸다.

111 Ricardo Güiraldes(1886~1927). 아르헨티나 작가이자 보르헤스의 친구. 대표작으로 『세군도 솜브라 씨』가 있다.

112 Ernesto Sabato(1911~2011). 아르헨티나 소설가이자 수필가, 화가. 대표작으로 소설 『터널』, 『영웅과 무덤 위에서』, 『아바돈, 파괴자』가 있다.(옮긴이 주)

113 언급된 책은 에르네스토 사바토가 쓰고 로사다 출판사에서 출간된 『탱고, 토론과 핵심』(부에노스아이레스, 1963)이다. 1장에서 사바토는 이렇게 밝힌다. "이 춤은 계속해서 비난받고 찬양받으며, 빈정거림의 대상이 되기도 하면서 분석되었다. 최고의 탱고 창작가인 엔

글을 읽을 수 있습니다. 나는 두 구절을, 아니 논의의 여지가 있는 두 단어를 지적하고 싶습니다. 우선 '사상'입니다. 나는 탱고는 하나의 사상에 해당하는 것이 아니라, 그보다 더 심오한 것, 즉 감정이라고 말하고 싶습니다. 다른 하나는 형용사 '슬픈'인데, 당연한 소리지만, 이 말은 초기 탱고에는 적용할 수 없습니다.

세르히오 피녜로는 잡지 《마르틴 피에로》에 나와 함께 글을 쓰는 동료입니다. 그의 인종주의적이고 민족주의적인 이론에 따르면, 탱고가 점점 슬퍼지고 나른해지며 비탄에 잠기는 것은 이탈리아 이민의 영향을 받았기 때문입니다. 다시 말하면, 첫 번째 탱고, 팔레르모 동네에 있는 '엘 탐비토'의 첫 번째 탱고는 시비조나 싸움투였을 것이고, 교도소 근처에

리케 산토스 디세폴로(Enrique Santos Discépolo)는 내가 가장 정확하고 핵심적인 정의라고 생각하는 말을 하는데, 그것은 '탱고는 춤추는 슬픈 사상'이라는 말이다." 서문에서 사바토는 이 책을 보르헤스에게 바친다. "보르헤스, 세상이 회전하는 것과 똑같네. 내가 어렸을 때, 그러니까 내가 일종의 꿈에 속하는 것처럼 보이던 시절에, 자네의 시 덕분에 나는 부에노스아이레스의 우수에 잠긴 아름다움을 발견할 수 있었다네. 동네의 오래된 거리에서, 창살과 빗물 통, 오후가 되면 변두리의 어느 물웅덩이에서 바라볼 수 있던 수수한 마법에서 (……) 그런데 지금은 (……) 탱고에 관해 떠오른 것들을 적어 놓은 이 책에 자네를 초대하고 싶네. 그리고 이 책을 싫어하지 않아 준다면 매우 기쁠 것 같네. 정말이네, 믿어 주게."

있던 아델라의 천막에서 추던 탱고, 혹은 남쪽 동네에 있던 칠레 거리의 탱고, 또는 아마도 오래된 농장의 탱고도 그랬을 것이라고 합니다. 이것은 미겔 A. 카미노의 주장입니다.[114] 그러고는 탱고가 가난한 아르헨티나 백인들이 드나들던 그런 장소에서 멀어져, 보카 지역에 있는 제노바인들의 동네에 도착하면서 부드러워졌을 거라고 합니다. 초기 탱고 작곡가들의 이름을 보면, 나는 이 의견이 문제가 있고 잘못되었다고 생각합니다. '늙은 파수꾼' 시기의 탱고를 생각하면 어떤 이름들이 떠오릅니까? 나는 가장 먼저 비센테 그레코[115]가 생각납니다. '그레코'는 그리스 사람을

114 미겔 안드레스 카미노(Miguel Andrés Camino, 1877~1944). 아르헨티나의 시인. 보르헤스는 이 시를 네 번째 강연에서 낭송한다. 「탱고의 기원」에서 보르헤스는 이렇게 말한다. "카미노가 운문으로 말하는 기원은 더할 나위 없이 독창적이다. 우리는 모두 탱고에 성적인 욕구 또는 매춘녀의 자극이나 유도가 있다는 것을 인정한다. 그는 거기에 호전적이고 행복한 결투나 가우초의 칼싸움을 덧붙인다. 나는 그 동기가 사실인지 알지 못한다. 내가 아는 것이라고는, 다른 글에서도 언급했듯이 그 동기가 오래된 탱고와, 다시 말하면 '완전히 뻔뻔하고, 완전히 파렴치하지만, 용기로 완전히 행복해하는' 탱고와 환상적으로 잘 어울린다는 것이다."(잡지 《마르틴 피에로》에 실렸으며(복간본 Vol. 4, No. 37, 부에노스아이레스, 1927년 1월 20일, 6, 8쪽), 이후 『아르헨티나 사람들의 언어』(부에노스아이레스, 마누엘 글레이세르 출판사, 1928)에 수록됨.)

115 Vicente Greco(1886~1924). 아르헨티나의 작곡가이자 음악가. '늙은

뜻하지만, 분명한 사실은 이탈리아 성이라는 것입니다. 내가 기억하기로, 어렸을 때 우리는, 우리가 모두 아르헨티나에서 태어났다고 생각했습니다. 많은 아이가 카넬로네 혹은 몰리나리라는 이탈리아 성을 갖고 있었지만, 그런 건 중요하지 않았습니다. 그래서 나는 탱고가 아르헨티나에서 태어난 사람들의 것이라서 싸움투였으며, 이후 보카 지역의 이탈리아 사람들 동네에서 슬퍼졌다는 의견은 수용할 수 없습니다. 나는 이보다 깊은 뿌리가 있다고 생각하고, 우리는 그 뿌리가 탱고 훨씬 이전의 시기에 이미 나타난 걸 볼 수 있다고 생각합니다. 예를 들어, 의심의 여지 없이 『마르틴 피에로』는 우리의 위대한 작품입니다. 물론 그보다 앞선 훌륭한 책은 사르미엔토의 『파쿤도』입니다. 그러나 『마르틴 피에로』에는 아스카수비나 에스타니슬라오 델 캄포[116]의 가우초라면 도저히 수용할 수 없는 탄식의

파수꾼' 시기의 대표적인 탱고 음악가로 탱고를 주변부에서 도심으로 확장하는 데 중요한 역할을 했다.

116 Estanislao del Campo(1834~1880). 아르헨티나의 군인이자 관리이며 작가. 델 캄포는 1866년 8월 24일에 콜론 극장에서 샤를 구노(Charles Gounod)의 오페라 「파우스트」를 관람했고, 이 오페라를 바탕으로 그의 작품 중에서 가장 널리 알려지고 기억되는 시 「파우스트, 이 오페라 공연에서 가우초 아나스타시오, 일명 '닭'이 받은 인상들」을 썼다. 후에 이 시는 「에스타니슬라오 델 캄포의 파우스트」 혹

어조가 있습니다. 예를 들어 보겠습니다.

> 하얀 암양 옆에서
> 어린 양이 울고,
> 밧줄에 매인 송아지는
> 떠나는 암소를 부르지만,
> 불운에 빠진 가우초의 탄식은
> 아무도 듣지 않는다.[117]

그렇습니다. 이 어조는 아스카수비의 가우초가 사용하는 말투와 완전히 다릅니다. 그럼 한 사람 한 사람씩 일일이 살펴보지 않도록 별 볼 일 없는 시인의 경우를 살펴봅시다. 하지만 탱고에서 그는 매우 중요한데, 그 사람은 바로 에바리스토 카리에고입니다.

에바리스토 카리에고는 이렇게 썼습니다.

> 깊은 흉터, 광포한 낙인이 얼굴을
> 가로지르고, 아마도 그는 지울 수 없는
> 피투성이 장식을, 단도가 가졌던 여자다운

은 「아르헨티나에서 태어난 파우스트」로 불린다.(옮긴이 주)

117 『마르틴 피에로』 245연.

변덕을 자랑스러워할 것이다.[118]

그리고 이런 시도 있습니다.

기타 연주자의 우울한 얼굴 위로
보랏빛의 오래된 흉터가,
가슴에는 싸움쟁이의 무뚝뚝한 원한이,
검은 눈에는 단도의 빛이 새겨져 있다.

그는 거만하게 보여 준다. 그건 사악한 영혼의
짐승 같은 냉소가 찬미받기 때문이다.
팔레르모는 그가 칼로 찌르기 전에 질투심을
노래하면서 탄식하는 소리를 들었다.[119]

이 어조는 쓸데없는 실수로 모든 걸 잃어버리는 양재사[120]와는 전혀 다릅니다. 아니 시각 장애인에

118 에바리스토 카리에고의 「건달」의 일부.

119 같은 작가의 시 「동네에서」의 일부.

120 "쓸데없는 실수로 모든 걸 잃어버리는 양재사"는 집에서 도망쳤다가 다시 돌아오는 내용을 이야기한다. 에바리스토 카리에고가 1913년에 발표한 소네트이며, 그는 여기서 실수를 범해 동네에서 고통받는 한 여자의 상황을 그린다.(옮긴이 주)

대한 다른 시, 그러니까 그의 눈에 미래가 있었을 때의 일을 회상하면서 눈물을 흘리는 시각 장애인의 시와는 아주 다릅니다. 그래서 나는 탱고의 진화 과정, 그러니까 용감함을 으스대는 것에서 슬퍼하는 것에 이르는 과정은 인종적 방식으로 해결되지 않는다고 생각합니다. 또한 모든 이탈리아 사람들이 슬픔에 잠길 이유도 없다고 믿습니다. 그건 아마도 사물에 대해 더 많이 느끼기 때문일지도……. 아마도 내 생각인데, 과거에 더 용감하거나 더 금욕적이었던 까닭은 상상력이 지금보다 풍부하지 않았기 때문일 겁니다. 이미 알려진 대로, 두려움과 공포는 나쁜 일들이 일어나지도 않았는데 먼저 상상하기 때문에 존재합니다. 여기 영국의 시인 드라이든[121]의 시가 있습니다. 그는 이렇게 말합니다. "겁쟁이는 천 번 죽지만, 용감한 사람은 한 번만 죽는다."[122] 다시 말하면, 겁쟁이는 미리 앞당겨 죽습니다. 스스로 죽는다고 상상하면서 죽습니다. 그래서 겁쟁이입니다. 반면에 용감한 사람은 더 얕고

121 존 드라이든(John Dryden, 1631~1700). 영국의 시인이며 극작가. 대표작으로 『압살롬과 에키토펠』, 『지상의 사랑』이 있다.(옮긴이 주)

122 "겁쟁이들은 정말로 죽기 전에 수없이 죽지만, 용감한 사람들은 단 한 번 죽음을 입증한다."(사실 이 구절은 윌리엄 셰익스피어의 희극 「율리우스 카이사르」 2막 2장에 나온다.)

천박합니다. 그는 죽음과 맞서 싸우고, 그래서 두려움을 가질 시간이 없을지도 모릅니다.

이제 내가 첫 강연에서 언급했던 책을 살펴봅시다. 그것은 비센테 로시의 『흑인들의 음악 세계』입니다. 작가는 독학으로 공부했지요. 그래서 그 책에는 아주 생생하고 감동적인 글이 있는가 하면, 예를 들어 리오 델라 플라타의 첫 번째 칸돔베에 대한 묘사도 있고, 몬테비데오의 '바호' 지역에 있던 산 펠리페 학원의 초기 밀롱가가 어땠는지 설명하지만, 정말로 용서할 수 없이 유치한 글도 함께 있습니다. 그러나 이 책에는 아주 흥미로운 자료도 실려 있고, 몇몇 오류도 포함되어 있습니다. 작가는 무엇보다 탱고가 흑인에게서 유래한다는 생각에 기울고 있는데, 내가 보기에는 논란의 여지가 충분합니다. 그는 그리 정확하지 않은 자료를 인용합니다. 그것은 식민 시대의 기록인데, 거기서 흑인들은 '토카 탕고(tocá tangó)'에 대해 말합니다. 그런데 그 구절은 모호합니다. 나는 오늘 오후에 그 구절을 두세 번 읽었지만, 작가가 우리에게 '탕고'라는 말이 아프리카 단어라고 말하는 것인지, 아니면 탱고가 '탐보르(tambor, 북)'나 '탐보릴(tamboril, 작은 북)'이란 단어와 그 악기들의 가죽이 내는 소리가 변형된 거라는 소리인지 잘 모르겠습니다. 만일 탱고가 아프리카 단어라면, 아마도 음성적인 이유 때문인 것 같은데, 그렇다면 '밀롱가'라는 단어도 아프리카 단어라고 말할 수 있을 것입니다.

그는 책에서 적당한 증거를 들어 가면서 탱고는 몬테비데오의 바호 지역에 있던 산 펠리페 학원을 드나들던 흑인들이 만든 것이라고 말합니다. 물론 그것을 재즈와 비교합니다. 그는 탱고가 유럽에 도착하여, 빛의 도시를 선택한다고 말합니다. 마치 탱고가 살아있는 존재, 다시 말해서 정신적이고 마술적인 존재이자, 혼자서 스스로 살아가는 존재인 것처럼 말입니다. 그러면서 탱고가 파리에 자리 잡고, 거기서 춤과 음악으로 백인들을 노예로 만들면서 수백 년 동안 노예였던 흑인들이 복수하는 것처럼 된다고 지적합니다. 당연한 소리지만, 이 모든 것은 일종의 은유에 지나지 않습니다.

그러고서 그는 탱고가 얼마나 환영받았는지 자세히 설명하는데, 이것이 가장 중요한 사항입니다. 예를 들어 그는 장 리슈팽[123]이 파리의 프랑스 학술원에서 탱고를

123 Jean Richepin(1849~1926). 프랑스의 시인이자 소설가, 극작가. 기예르모 가시오(Guillermo Gasió)의 『장 리슈팽과 1913년 파리에서의 아

주제로 강연했다고 말하면서, 몇 줄 뒤에 오늘날은 잊힌 그의 극작품 「탱고」가 두 달 후에 개봉되었다고 덧붙입니다. 그래서 그 강연은 그의 극작품에 대한 일종의 선전이었을 가능성도 있었습니다. 또한 나는 엔리케 로드리게스 라레타, 그러니까 나중에는 엔리케 라레타[124]라고 불리는 『라미로 씨의 영광』(1908)의 작가가 탱고를, 파리가 받아들였던 탱고를 모른다고 말했다는 것을 알고 있습니다. 그러나 잠시 후 그는 로드리게스 라레타의 말을 인용하는데, 거기서 이 사람은 아르헨티나 상류 사회는 춤을 추지 않았고, '못된 집', 혹은 사창가의 동네 사람들만이 춤을 추었다고 말하는데, 이것은 그가 탱고를 알고 있었다는 것을 드러냅니다.

또한 그는 런던에서 이루어졌을 영국 상류층 귀부인 대상의 설문 조사를 인용합니다. 당시 약 500명의 귀부인이 응했던 것으로 추정됩니다. 공작 부인들을 포함한 이 귀부인들의 압도적인 수가 탱고는 점잖고

르헨티나 탱고』(부에노스아이레스, 코레히도르 출판사, 1999)를 참고할 것.

124 Enrique Larreta(1875~1961). 아르헨티나의 작가, 학자, 외교관. 라틴아메리카 문학의 모데르니스모를 대표하는 아르헨티나 작가이다.(옮긴이 주)

정숙한 춤이라는 데 동의했습니다.

그런 다음에는 탱고에 반대하는 교회의 협박, 즉 로마에서 이루어졌을 일종의 으름장을 인용합니다. 교황은 탱고를 비난하고서, 대신에 '푸를라나'라는 이름의 시칠리아 춤을 제안한 것 같습니다. 그러나 그 춤은 교황 앞에서 몇 발짝 내딛지 못했습니다. 또한 독일 황제 빌헬름 2세의 경우를 인용하는데, 로시에 따르면, 탱고의 곡선과 독일 장교의 강직함은 양립할 수 없다고 선언했으며, 이것은 바이에른 왕국과 오스트리아에서도 반복되었다고 합니다. 그러나 장교들은 그 명령을 어기지 않은 것으로 보입니다. 그들이 사복을 입고 탱고를 추었기 때문입니다.

그러고는 미국의 오하이오주 클리블랜드에서 일어난 이상한 사건을 언급합니다. 미국인 탱고 선생님이 부도덕한 춤을 가르쳤다는 이유로 고발됩니다. 그러자 그는 재판관, 아니 배심원 앞에 출두하는데, 배심원들이 그에게 탱고를 추어 보라고 요구합니다. 그는 자기 여자 동료와 춤을 추었습니다. 상황에 걸맞게 점잖은 춤을 추었고, 죄가 없다는 판결을 받았습니다. 그러나 몇몇 사람들은 그 선생님이 고발에서 벗어나려고 탱고의 본질을 손상했다고 비난했지요.

그러자 그 선생님은 또 다른 공판을 요구했고, 다음날 100명의 제자와 함께 출두했습니다. 그리고 모두가 탱고 한 곡을 추었고, 탱고는 죄가 없다는 평결을 받았습니다. 그리고 탱고의 이런 이상한 무죄 평결에 참여했던 배심원들도 그 춤을 추었던 것 같습니다. 다시 말해, 탱고는 전 세계로 널리 퍼졌고, 최고 계급들이, 그러니까 사회에서 가장 높은 상류 계층이 탱고를 받아들였습니다. 로드리게스 라레타는 탱고가 수치스럽고 파렴치한 곳에서 비롯되었다고 말했지만, 그건 아무 소용이 없었습니다. 장 리슈팽은 전형적인 프랑스인답게 춤을 기원으로 평가하는 것은 귀족을 기원으로 평가하는 것과 같은 것이라고 재치있게 대답했습니다. 사실은 모든 귀족이 해적질, 도적질, 살인 등으로 시작하기 때문입니다. 그렇게 탱고는 유럽에서 수용되었습니다.

자, 당시 아르헨티나 사람들이 관심을 보였던 것은 탱고가 파리에서 받아들여졌다는 사실이었습니다. 당시 아르헨티나 사람들은 우리가 모두 프랑스 사람이라고 여겼습니다. 우리는 프랑스어를 서툴게 겨우 몇 마디 할 수 있었지만, 우리는 모두 프랑스인이었습니다. 물론 우리가 그렇게 생각했던 것이지, 프랑스 사람들이 그랬다는 것은 아니었습니다. 어떤 면에서 우리는 명예 프랑스인이었습니다. 우리는 모두 프랑스어를 알았거나 아는 척했습니다. 또한 '스페인계 아메리카인'이라고 불리지 않도록 '라틴아메리카인'이라는 단어를 찾아내면서 프랑스와 관계있음을 나타내려고 했습니다. 그래서 파리가 탱고를 받아들였다는 사실은 아주 중요한 소식이었습니다.

물론 탱고는 바뀌어 있었습니다. 이미 탱고에 관해 처음 말했던 프랑스와 영국, 그리고 독일의 신문은 탱고를 느리고 우울하며 도발적이고 관능적이라고 설명하고 있었습니다. 그러나 이것은 「엘 초클로」나 「로드리게스 페냐」 혹은 「일곱 마디」나 「엘 포이토」 또는 「엘 쿠스키토」 혹은 '늙은 파수꾼' 시기의 다른 그 어떤 곡에도 전혀 적용할 수 없을 겁니다. 심지어 「마른강」[125]에도 적용할 수 없는데, 이 이름이 가리키는 것처럼 이것은 1914년 이후의 곡입니다. 그러나 탱고는 이미 슬프고 쓸쓸해지고 있었습니다. 그리고 또 다른 것이 있는데, 그건 익히 알려진 것이지만, 그래도 다시

125 마른강 전투(1914년 9월 6일~10일)는 파리 근처 마른강 유역에서 프랑스군이 독일군을 저지한 전투이다. 이 전투로 프랑스는 수도를 잃을 뻔한 위기에서 벗어났다.(옮긴이 주)

한번 떠올릴 필요가 있습니다. 초기 탱고에는 가사가 없거나, 혹은 있다고 해도 우리가 점잖게 '입에 올리기에 황송한'이라고 부를 만한 가사가 붙어 있었다는 사실입니다. 품위 없는 가사, 혹은 그렇지 않더라도 순전히 심술궂은 가사였습니다.

여러분, 와서 보십시오,
탱고 추는 밀롱가는 이제 준비되었습니다.
탱고를 추게 될 사람은
대담하게 여자를 녹이십시오.

그러고서 계속합니다.

당신은 창녀 트리니다드에게
어땠는지 말하게 되리라.

그렇습니다. 나 자신도 그렇게 생각합니다. 그러니까 초기 탱고의 가사는 동네의 밀롱가, 다시 말하면 잘난 체하고 으스대는 그 노래들과 비슷했습니다.

나는 비가 와도 빗물이 새지 않는

잘사는 동네 사람.
나는 궁둥이를 흔드는 그림자나
어렴풋한 모습에 놀라지 않는다.

우리는 이것과 아주 비슷한 내용을 초기 탱고 중의 하나인 「돈 후안」에서 찾아볼 수 있습니다. 에르네스토 폰시오, 혹은 다른 사람들에 따르면 흑인 로센도의 노래라고 합니다.

나는 산 크리스토발에 살고
사람들은 나를 돈 후안 카베요라고 불러.
아무도 모르게 기억해 놔,
나를 보고 싶으면, 바로 저기에, 저기에 있어.

탱고를 출 때 나는 너무나 훌륭해서
내가 더블 코르테로 회전할 때면
내가 남쪽 동네에 있어도
그 말이 북쪽 동네까지 이르러.

잘 봐, 제기랄, 잘 봐,
잘 봐, 제기랄, 잘 봐,

다리를 반까지

집어넣어.

이것은 분명히 처량하거나 슬프지 않습니다. 그러나 가사 역시 바뀝니다. 가사가 없는 게 일반적이었던 탱고-밀롱가에서 탱고-노래, 그러니까 우리가 흔히 아는 탱고로 발전합니다. 내가 알기로는 가장 유명한 이름이 필리베르토[126]입니다. 그때가 되면 내가 '눈물 짜기'라고 부르는 탱고들이 나타나게 됩니다. 예를 들어 「뒤안길」 같은 노래 말입니다.

또 다른 이름이 하나 있습니다. 분명 여러분이 듣기 원하는 이름입니다. 시기적으로 약간 나중에 나오는 이름인데, 바로 카를로스 가르델[127]입니다. 목소리와 뛰어난 청감으로 유명한 가르델은 탱고를

126 후안 데 디오스 필리베르토(Juan de Dios Filiberto, 1885~1964). 아르헨티나의 작곡가이자 음악가. 탱고가 세계적인 음악 장르로 자리 잡는 데 크게 기여했다. 대표곡으로 탱고의 고전이라고 불리는 「뒤안길」(1926), 「반도네온의 탄식」(1920), 「손수건」(1920) 등이 있다.(옮긴이 주)

127 Carlos Gardel(1890~1935). 본명은 샤를 로뮈알 가르드(Charles Romuald Gardés)이며, 탱고에 큰 영향을 끼친 프랑스 태생의 아르헨티나 가수이자 탱고 음악가. 탱고 역사에서 가장 널리 알려진 대표자로, 탱고의 황제로 불린다.(옮긴이 주)

발전시킨 중요한 인물이기도 합니다. 마글리오[128]가 부분적으로나마 탱고에 변화를 기하려고 했는데, 가르델이 그걸 완벽하게 만들었는지는 몰라도, 적어도 정점으로 이끈 것은 사실입니다. 어젯밤 아돌포 비오이 카사레스가 내게 말한 바에 따르면, 그의 아버지는 가르델이 만든 이런 변화를 찬성하지 않았습니다. 그는 아르헨티나의 전통 방식으로 노래하는 것에 익숙했고, 그런 이유로 가르델을 별로 좋아하지 않았던 것 같습니다. 그렇다면 전통 방식의 노래란 어떤 것일까요? 나는 그것이 '대조'에 있다고 말하고 싶습니다. 그런 방식이 가수의 훌륭한 솜씨 덕분인지, 아니면 가수의 더없이 서툰 결과인지는 모르겠습니다. 그러나 나는 두 번째일 가능성이 크다고 생각합니다. 가사는 무자비하고 잔인한데, 가수는 너무나 태연하게 부르기 때문입니다. 『마르틴 피에로』의 한 장면을 떠올려 봅시다. 바로 흑인을 죽이는 장면입니다. 나는 그 장면에 대한 노래를 수없이 들었습니다. 리카르도 구이랄데스가 그 대목을 그렇게 노래하는 것을 들었고, 마찬가지로 『마르틴 피에로』를 찬미하는 가우초들도 그렇게 노래했습니다.

128 후안 이그나시오 '파초' 마글리오(Juan Ignacio 'Pacho' Maglio, 1880~1934). 탱고 음악가이자 작곡가.

그래서 바로 대략 그러리라 생각하는 것입니다. 내 노랫가락이 흐트러져도 용서해 주기 바랍니다. 가우초 출신의 가수도 장단이 맞지 않고 가우초들도 그렇게 노래하니까요. 물론 나는 청감이 아주 좋지 않으니, 그들처럼 충실하게 장단을 맞추지 말아야겠지요. 대략 다음과 같습니다.

> 마침내 나는 칼로 단 한 번
> 공격해서 그를 들어 올렸고,
> 뼈가 든 자루처럼
> 울타리로 던져 버렸으며,
>
> 그는 허공으로 몇 번 발길질하더니,
> 도살장으로 가는 노래를 불렀다.
> 나는 그 흑인의 단말마 고통을
> 결코 잊지 못하리.[129]

자, 이 정도면 충분히 가락이 흐트러졌다고 생각합니다, 그렇지 않습니까? 정확하게 흐트러졌고,

129 『마르틴 피에로』 215~216연.

사실에 근거해 흐트러졌습니다.

이제 우리가 남쪽 동네에 있으니, 긴 밀롱가를 떠올려 볼 수 있을 겁니다. 그 노래는 전차의 「짐마차꾼과 마부」[130]인데, 마찬가지로 앞의 방식으로 노래했고, 나는 그 노래의 한 소절을 기억합니다.

> 근사한 짐마차꾼은 그에게 단도를 찌르고,
> 두세 번 잘난 체하고서, 마부에게 한 방을 날리는데,
> 마부가 별로 날렵하지 않기에, 공중에서 그를 압도하고
> 해안가의 수박처럼 배의 반을 칼로 그어서
> 허락 없이 내장을 밖으로 꺼낸다.

그렇습니다. 여기서 우리는 잔인하고 피투성이가 된 사건을 보지만, 가수는 거의 무관심하게, 별로 대수롭지 않다는 듯 노래합니다. 만일 우리가, 그러니까 우리가 엄밀하고 엄격하다면, 그런 '거의 무관심'은 무능력으로 여길 수 있습니다. 그러나 단도를 갖고 변두리와 평원에

130 앙헬 그레고리오 비욜도의 「짐마차꾼과 마부」(1910). Ángel Gregorio Villoldo(1861~1919). 아르헨티나의 음악가이며 탱고의 선구자 중의 한 사람. 20세기 초 최고의 탱고 작사가, 작곡가, 가수였다. 대표곡으로는 「엘 초클로」, 「라 모로차」가 있다.(비욜도에 대한 주석은 옮긴이 주다.)

사는 무명 가우초 가수들의 여러 세대를 편견 없이 관대하게 바라본다면, 우리는 이것을 일종의 금욕주의로 여길 수 있을 겁니다. 그렇다면 툴루즈의 샤를 가르드, 그러니까 카를로스 가르델이라는 이름을 선택했고, 아바스토 시장에서 자라고 살았던 그는 무엇을 할까요? 가르델은 탱고 가사를 가지고 짧고 극적인 장면을 만들었습니다. 예를 들어 여자에게 버림받은 남자가 슬퍼하고 탄식하는 장면인데, 거기에서 여자의 육체가 망가졌다고 말합니다. 이건 탱고의 가장 슬픈 주제 중 하나지요.

이런 주제는 이미 호라티우스도 알고 있었습니다. 호라티우스의 어느 풍자극이 있습니다. 거기서 그는 여자를 꾸짖는데, 그녀는 동네 사람들의 버림을 받은 창녀였습니다. 탱고도 이 주제를 다룹니다. 나는 가장 슬픈 예를, 그러니까 "마르고 추하고 망가진……" 예를 들지 않겠습니다. 대신 다른 예를 들겠습니다. 거기에는 변두리 옛 서사시의 흔적도 남아 있습니다. 이 노래는 매몰차게 늙은 여인을 그리고서 이렇게 말합니다.

멜레나와 캄파나가
그대를 본다면 뭐라고 할까?

두 사람은 어느 날 밤 뒷골목에서
그대 때문에 칼싸움을 했는데.

멜레나와 캄파나, 그리고 시에테로 세 사람은 모두 살인자인데,[131] 1년 동안 유명세를 떨친 인물들이었습니다. 그들이 부스타멘테 거리에 살던 한 상인을 죽였기 때문이지요. '사나운 시절'이라고 불리던 20세기 초에 일으킨 이 살인 사건으로, 세 사람은 유명해질 수 있었습니다. 이제 우리는 '평화의 시기'에 있는데, 은행 강도, 엄청난 거금 횡령 등을 보고, 폭탄과 방화를 목격합니다. 이 모든 것이 석간신문을 읽는 동안, 혹은 조간신문을 읽는 동안에 일어납니다. 그러니까 우리는 20세기 초의 '사나운 시절'보다 훨씬 난폭하고 흉포한 시기를 살아가고 있는 것입니다.

내가 언급한 이 세 명의 콤파드레는 에바리스토 카리에고의 학우였습니다. 이제 이 이야기는 그만하고서…… 그러니까…… 가르델은 탱고 가사를

131 보르헤스는 이 사건을 단편 소설 「후안 무라냐」에서도 언급했다. 또한 비오이 카사레스도 단편 소설 「눈의 위증」에서 인용했다. 비오이 카사레스는 이 사건을 이렇게 말한다. "이 사건은 20세기 초, 그러니까 1912년경에 일어났다. (……) 당대에 이 사건은 많이 회자되었다."(옮긴이 주)

가지고, 그것을 극적으로 만듭니다. 가르델이 그런 위업을 이루자, 탱고 가사는 극적인 방식으로 노래하도록 쓰입니다. 예를 들어 "당신은 떠났고, 하, 하…… 기차가 치고 갈 거야."[132] 같은 탱고들이지요. 그런 탱고에서 남자는 여자가 자기를 버렸다는 사실을 기뻐하는 척하지만, 결국 그의 목소리는 흐느끼면서 부서지고 말지요. 모든 건 가수가 극적으로 노래하도록 특별히 만들어져 있습니다. 이 모든 건 예전의 콤파드리토와는 아무 관련도 없었습니다.

비센테 로시는 그의 책에서 싸움이나 경쟁 같은 주제를 콤파드리토는 자기 나름의 방법으로 해결한다고 말합니다. 그건 바로 증인 없이 목숨을 걸고 단도로 싸우는 전통적인 결투였지요. 그러고 나서 처량하고 가엾은 탱고가 온 것입니다. 나는 어느 악당의 말을 기억합니다. 그는 우정으로 나를 예우했다고 말할 수 있는데, 그의 말은 다음과 같았습니다. "여자를 5분 생각하는 남자는 사나이가 아니라 게이야." 그래요,

132 "당신은 떠났고, 하, 하"는 후안 바우티스타 아바드 레예스(Juan Bautista Abad Reyes)가 가사를 썼고, 헤라르도 마토스 로드리게스(Gerardo Matos Rodríguez)가 곡을 붙인 탱고다. 보르헤스는 "당신이 떠났다고? 하, 하, 잘 가도록 해! 하지만 당신은 철길에서 떨어지지 못해 기차가 치고 갈 거야!"라는 부분을 인용하고 있다.

그는 '게이'라는 말 대신에 '호모'라는 좀 더 센 말을 사용했는데,[133] 두 말 모두 동성애자를 경멸적으로 지칭한다는 점은 똑같습니다. 나는 그가 이 점에 있어서는 아주 분명했다고 생각합니다.

탱고 가사는 처음에 변두리와 관련됩니다. 그것은 변두리에 기원이 있다고 믿어졌습니다. 그러나 이후 그 가사는 엄청나게 늘어나고, 모든 사회 계층을 포함하게 됩니다. 나는 실비나 불리치[134]와 『콤파드리토』라는 제목의 책을 출간한 적이 있습니다. 많이 부족한 책인데, 그건 우리가 시간이 없어 급히 썼기 때문입니다. 그러나 그 책의 서문에 나는 서사시에 대한 두 개의 이론을 언급했습니다.[135] 너무 놀라지 마십시오. 나는 옆길로

133 보르헤스는 이 말을 『브로디의 보고서』(1970)에 수록된 단편 소설 「로센도 후아레스의 이야기」에서 사용한다. "한 여자를 계속해서 5분 동안 생각하는 남자는 사나이가 아니라 호모야."

134 Silvina Bullrich(1915~1990). 아르헨티나의 작가, 번역가, 영화 시나리오 작가. 1945년에 보르헤스와 함께 『콤파드리토』를 출간했다.(옮긴이 주)

135 「부에노스아이레스의 시인들」이라는 강연에서 보르헤스는 이렇게 말한다. "오래전에 나는 실비나 불리치와 함께 『콤파드리토』라는 제목의 작은 책을 출간했습니다. 서문에서 나는 구체적인 이름이나 지역을 넘어, 누군가는 에르난데스가 가우초에 관해 썼던 것처럼 콤파드리토에 대해 쓸 수 있을 것이라고 말했습니다. 그리고 또 운명, 즉 콤파드레라는 명사를 들으면 연상되는 윤리는 파편적이고 부분적일지라도 이미 수많은 탱고 가사에서 부여되었다고 지적했습니

새는 습관이 있지만, 바로 탱고로 되돌아올 겁니다.

그 이론은 시가 서사시로 시작하고, 이후 서사시는, 다시 말해, 한 영웅의 역사이자 한 영웅의 행위에 관한 이야기, 예를 들면 『미오 시드의 노래』와 같은 작품은 점차 중세 기사 이야기와 멀어진다고 말합니다. 다른 이론은 아마도 중세 기사 이야기와 이야기 형태의 시인 발라드로 시작할 것입니다. 그러고는 그 발라드가 서사시의 재료, 즉 장시의 재료를 제공한다고 말할 것입니다. 나는 학자들이 뭐라고 말하는지 모릅니다. 그러나 나는 그런 이론에 동의하지 않습니다. 내가 보기에는 시가 짧은 문장에서 시작한다는 것이 더 개연성 있고 더 그럴듯해 보입니다. 내가 보기에 누군가가 3200행이나 되는 『베오울프』[136]로 시작하거나,

다. 나는 몇몇 이론에 따라 중세의 기사 이야기는 서사시의 조각일 수 있다고 생각하고, 또 반대로 추정할 수도, 즉 중세 기사 이야기가 나중에 서사시가 되었다고 생각할 수도 있다고 여깁니다. 그렇다면 수백 개, 아니 수천 개의 탱고 가사에도 그런 서사시가 있을 수 있습니다." (잡지 《증인》, 부에노스아이레스, Vol. 1, No. 2, 1966년 4월~6월호, 이후 『되찾은 글들 III』에 재수록됨.) 여기서 말하는 서문은 보르헤스가 실비나 불리치와 함께 선정한 글을 모아 놓은 『콤파드리토, 그의 운명과 동네, 그리고 음악』(부에노스아이레스, 에메세 출판사, 1945)이라는 책에 쓴 서문을 뜻한다.

136 앵글로색슨족의 서사시이며, 8세기경에 고대 영어로 쓴 것으로 알려져 있다. 보르헤스는 이 서사시에서 영감을 받아 여러 시와 단편

아니면 3만 행이나 되는 『라마야나』[137]로 시작한다는 것은 너무 길고…… 너무 이상한데(게다가 시는 문어가 아니라 구어로 시작합니다.), 내 생각에는 민요에서 시작한다고 보는 게 더 자연스럽습니다. 그런 민요에는 인물들이 다시 나타나곤 합니다.

이제부터는 탱고 가사가 무한하게 다양하다는 것에 대해 얘기하겠습니다. 가사에는 불량배나 악한, 그리고 몸 파는 여자뿐 아니라, 여자 종업원도 등장합니다. 예를 들어 "저기 불쌍한 못생긴 여자가 가, 작업장으로……"[138] 라고 말합니다. 또한 여러 감정적인 상황도 언급하고, 등장인물은 부자가 될 수도 있고 가난할 수도 있고…… 다시 말해서, 《노래하는 영혼》[139]이라는 제목의 저 박학한 잡지에 수집되어 담겨 있습니다. 저기에 서사시를 쓰고도 남을 모든 재료가 있습니다. 언젠가는 저기 있는 걸 모두 하나로 모아야 할 것 같습니다.

소설, 그리고 수필을 썼다.

137 고대 인도의 힌두교 서사시이며, 발미키의 작품이라고 한다.

138 「못생긴 여자」(1925), 오라시오 페토로시(Horacio Pettorossi)가 작곡했고, 알프레도 나바리네(Alfredo Navarrine)가 노랫말을 붙인 탱고이다.

139 《노래하는 영혼》은 1916년에 비센테 부치에리(Vicente Buchieri)가 창간한 잡지다. 1961년까지 45년 동안 매주 탱고와 다른 노래의 가사, 그리고 대중 시와 부에노스아이레스 동네들의 일상에 관한 기사를 실었다.

아르헨티나의 위대한 시인 미겔 도밍고 에체바르네[140]는 『후안 나디에, 어느 콤파드레의 삶과 죽음』이라는 책에서 그렇게 했습니다. 내가 『콤파드리토』 서문에서 말했던 것처럼,[141] 거기에서 그는 『마르틴 피에로』에서 에르난데스가 했던 것처럼 독자의 관심을 분산시킬 수 있는 사소한 지리적 요소는 무시합니다.[142] 예를 들어, 주인공은 흙탕물 주변에서, 그러니까 어느 농장이나 어느 가난한 집에서 태어납니다. 그렇다면 흙탕물이란 무엇일까요? 그것은 리아추엘로, 피 개울, 혹은 말도나도 개울일 수 있으며, 의심할 여지 없이 다른 곳에도 다른 개울들이 있습니다. 하지만 지리적으로 정확하게 어느 개울이라고는 설명하지 않습니다. 예외가 있다면

140 Miguel Domingo Etchebarne(1915~1973). 아르헨티나의 작가이자 시인. 대표작으로 『부에노스아이레스의 들판』(1948)과 『후안 나디에, 어느 콤파드레의 삶과 죽음』(1954)이 있는데, 뒤 작품에는 「부에노스아이레스 변두리의 문학적 제안」이라는 글이 실려 있다.

141 보르헤스는 『콤파드리토』 서문을 이렇게 맺는다. "이 책이 자극제가 되어, 가우초를 주제로 『마르틴 피에로』가 탄생했듯이 누군가가 콤파드레를 소재로 그것과 비슷한 시를 썼으면 하고 바란다. 그 시가 『마르틴 피에로』처럼 우발적이고 임시적인 것에 애쓰기보다는 중심적인 것에 전념하고, 방언이나 시간의 겉모습보다는 운명의 형태에 더 애썼으면 한다.

142 다시 한번 『콤파드리토』 서문에 포함된 권고 사항을 언급한다.

주인공이 사법 당국의 손을 피해 몬테비데오로 갈 때입니다. 거기서 그는 약간 방황합니다. 한 여자를 정복할 때까지 말이지요. 그리고 그녀를 소유하고 나자, 이제는 더 사나이답게, 더 확신 있게 느낍니다. 그리고 몬테비데오의 콤파드레와 결투를 벌이지요.

시간의 흐름은 그 책에서 아주 교묘하게 표시됩니다. 후안 나디에의 첫 번째 싸움은 단도로 이루어집니다. (아마 자기 어머니의 정부와 결투하는 것 같습니다.) 그리고 마지막 싸움에서는 이렇게 말합니다. "이제 얼굴에 거드름 피우지 않은 채, 이미 늙은 남자는 손에 권총을 쥐고 앞으로 가서 단발에 그를 죽인다." 다시 말하면, 시간은 칼과 같은 날붙이에서 화기로 옮겨 갔다는 것으로 암시됩니다. 나는 에체바르네가 다른 책을 준비하고 있다는 말을 들었습니다. 이 소식을 전하는 것은 그를 비방하기 위해서가 아닙니다. 그러나 나는 그가 내가 그 서문에서 제안했던 조언을 너무 글자 그대로 따랐다고 생각합니다. 내가 아는 바로 그 책은 탱고 가사의 조각들로 이루어져 있기 때문입니다. 그 책은 탱고 가사의 다양한 소재를 제대로 이용하지 못합니다. 그 탱고 가사들은 한 사람의 일생, 아니 부에노스아이레스 사람의 모든 일생을 보여 주는데 말입니다. 아마도 유명한 탱고 가사를 모아 만든 작품일 텐데, 내가 보기에 그렇게 작품을 쓰는 건 잘못된 방식입니다.

이제 이 세 번의 강연에서 우리는 일종의 전통에 도달했습니다. 아니, 일종의 전통을 만들었습니다. 여러분이 그런 내게 고마워할지 아닐지는 모르겠습니다. 어쨌든 우리는 일화의 전통을 확립했고, 두 개의 일화로 끝을 맺고자 합니다. 이것들은 북쪽 동네가 아니라 남쪽 동네, 그러니까 로마스 동네의 외곽에서 일어난 일입니다. 나는 첫 번째 일화에 관해 이미 말했다고 생각합니다. 그것은 형이 동생을 죽이는 흉악한 이야기입니다. 동생이 형보다 더 많은 사람을 죽이는 무례를 범했기 때문입니다. 또한 이 사건에는 마술적인 효과 같은 게 있는데, 그것은 형인 후안 이베라가 동생 냐토 이베라를 죽이면서, 다른 사람들을 가담시키기 때문입니다. 다시 말하면, 동생이 죽인 사람들의 유령을 가담시키지요.[143] 그렇지만 다른 일화는 다른 사람의

143 보르헤스는 그의 시 「탱고」에서 이 일화를 언급하는데, 이 시는 네 번째 강연의 끝에도 실려 있다. "그리고 (성인들이 불쌍히 여기는)/ 죽을 운명의 그 이베라는? 어느 철교에서/ 자기보다 더 많은 사람을 죽인 동생 냐토를/ 죽였고, 그렇게 같은 숫자를 죽였던 그는?"(『타자, 동일인』, 1964) 또 그의 시 「두 형제의 밀롱가」(『여섯 개의 현을 위하여』,

것입니다. 다른 유형입니다. 그 일은 남쪽 지역에 있는 템페를레이 동네의 미크스 대로에서 일어납니다. 상당히 최근의 사건이 분명합니다. 이런 유형의 삶은 북쪽 지역보다는 남쪽 지역에서 더 오래 지속되었고, 북쪽 변두리 지역보다는 남쪽 변두리 지역에서 더 오래 이어졌습니다. 사실 북쪽 변두리 지역에서는 그런 삶이 거의 사라졌습니다.

이 일화를 설명하려면 유성 영화가 필요합니다. 영화는 이렇습니다. 미크스 대로에 있는 어느 영화관에서 서부 영화가 상영되고 있었습니다. 너무나 비겁하고 너무나 어두운 우리 시대에 이 서사 장르를 구해 내고 있는 그런 영화 중의 하나였지요. 익히 예측할 수 있듯이 그 영화는 총싸움으로 끝납니다.

1965)에서도 언급된다. 그리고 같은 책에 수록된 시 「그들은 어디로 갔을까?」에서도 다루고 있으며, 단편 소설 「끼어든 여인」(『브로디의 보고서』, 1970)에서도 언급된다. 펠릭스 델라 파오예라(Félizz della Paollera)는 이렇게 말한다. "이베라 가족, 그러니까 열 명의 형제는 아드로게 지역의 끝과 맞닿은 투르데라 동네에 살았다. 그들은 가축을 훔치고, 불법 경마를 했으며, 지역 토호 세력의 경호원으로 일했다. 폭력 조직, 즉 '해 끼치는 사람'에게 고용되어 있었고, 그들이 살던 허름한 집은 예전에는 '군대가 지나는 길' 혹은 '카미노 레알(국도)'이라고 불렸던 현재의 이폴리토 이리고옌 대로 연장 부분이 시작하는 길모퉁이에 있었다."(『보르헤스: 비밀 밝히기』, 부에노스아이레스, 코스탄티니 재단, 1999, 18쪽)(옮긴이 주)

이것이 이 장르의 법칙 중 하나지요. 그리고 주인공이 보안관을 죽이는 순간이 됩니다. 총싸움이 벌어집니다. 그런데 관객 중에 흑인 한 명이 있습니다. 상당히 유명한 흑인인데 키가 크고 가늘고 배가 없어서 '무복자(無腹者)'라고 불리는 사람이었습니다. 그 '무복자'는 지서장과 청산해야 할 빚이 있었습니다. 여러분들은 셰리프, 그러니까 애리조나나 텍사스의 보안관은 악당이고, 그래서 주인공이 단 한 발로 그를 죽여 버린다는 사실을 기억하십시오. 그때, 그러니까 화면에서 총알이 오갈 때, 그 총알들과 뒤섞여 또 다른 총소리가 납니다. 영화의 총소리보다 더 큰 총소리인데, 바로 '무복자'의 총소리로, 그렇게 그는 지서장을 죽입니다. 여기서 우리는 교묘한 책략을 생각할 수 있습니다. 이건 너무나 슬픈 설명일 수도 있는데, 우리는 '무복자'가 그의 총알이 할리우드의 총알들과 뒤섞여 아무도 눈치채지 못할 것으로 생각했다고 추측할 수 있습니다. 그러나 더 멋진 것은 이렇게 상상하는 것입니다. 나는 항상 우리가 더 심미적이고 세련된 설명을 채택해야만 한다고 생각합니다. 그래서 말인데, 단순하고 순진한 사람이 틀림없었을 '무복자'가 영화를 보며 흥분한 나머지 현실과 혼동했다고 상상하는 게 더 멋질 것입니다. 그것은 에스타니슬라오 델 캄포의 가우초가 오페라의 파우스트를 악마와 계약하는 사람과 혼동한 것과 마찬가지입니다. 그래서 그는 카우보이 못지않은 사람이 되고자 했고, 권총을 꺼내 지서장을 죽인 것입니다.

그럼…… 지금 여기 가르시아 선생님[144]이 계신지 모르겠는데…… 자, 이 선생님이 여기에 있는 것으로도 이 강연은 충분히 가치가 있습니다. 나는 선생님이 여기에 없을지 몰라 정말 두려웠거든요…….

이제 내 빈약하고 가련한 강연은 여기까지 하고, 멋지고 감동적인 음악을 듣겠습니다. 다음 강연에서 나는 누가 탱고를 파리로 가져갔는지에 대해 말할 겁니다. 그중에는 내 친한 친구 리카르도 구이랄데스가 있습니다. 내가 직접 만난 적이 없을지도 모르지만, 우리는 친구지요.[145]

144 세 번째 강연에 보르헤스와 함께 참석한 음악가를 지칭한다.

145 이 말은 비유적 의미로, 그러니까 일종의 겸손한 말투로 읽을 필요가 있다. 보르헤스는 1924년에 리카르도 구이랄데스를 만났는데, 그해에 두 사람은 파블로 로하스 파스(Pablo Rojas Paz)와 브란단 카라파(Brandán Caraffa)와 함께 잡지 《뱃머리》의 복간에 공동창간 위원으로 참여했다. 또한 이 책의 네 번째 강연을 시작하면서 보르헤스는 이렇게 말한다. “나는 오랫동안 리카르도 구이랄데스와 우정을 나누었습니다.”

그럼 이제는 탱고 몇 곡을 듣도록 하겠습니다. 후반기의 곡들은 마지막 강연에서 듣기로 하고, 지금은 아직도 밀롱가의 용감한 정신을, 여러분이 이미 달달 외워서 알고 있을 「감자를 곁들인 고등어요리」[146]의 정신을 보존하고 있는 탱고들을 듣게 될 겁니다.

146 보르헤스는 이 밀롱가의 가사를 매우 좋아하면서 흥얼거렸다. "감자를 곁들인 고등어 요리/ 기름에 튀긴 소시지/ 내 옆에 있는 이 여자는/ 그 누구도 빼앗지 못해."

네 번째 강연

아르헨티나의 정신

일본과 동양에서의 탱고

탱고의 인물들 : 콤파드레,
길거리의 여자, '부잣집 도련님들'

리카르도 구이랄데스와
아델리나 델 카릴을 떠올리면서

탱고의 특성: 루고네스, 미겔 안드레스 카미노,
실바 발데스, 비오이 카사레스

문학 작품 주제로서의 탱고

「장밋빛 모퉁이의 남자」:
단편 소설과 영화

도발과 싸움

행복의 상징

말도나도 개울

안녕하십니까.

여러분에게 좋은 소식이 하나 있습니다. 그건 이번 강연이 삼 부로 이루어질 것이라는 소식입니다. 내 강연 외에도, 여기에 낭송해 주실 분이 참석하고 계십니다. 그런 다음에 가르시아 선생님의 연주도 감상하게 될 겁니다. 이렇게 해서 오늘 우리는 네 번에 걸친 탱고 강연을 마치게 됩니다.

지난번 우리는 파리에 탱고가 도착하고, 유럽에 널리 퍼져, 결국 세계적으로 널리 알려지게 된다는 것까지 다루었습니다. 그런데 이제는 일본에도 도착하고, 그곳에서 열렬한 환영을 받습니다.

내 여자 친구이자 우루과이 대사관 문화 참사관인 엠마 리소 플라테로[147]는 일본의 카페에 가면 커피 한 잔에 1달러를 지급한다고, 그 돈은 상당한 액수지만, 헤드폰을 사용할 수 있게 해 주고, 그러면 자기가 원하는 음악을 들을 수 있다고 말했습니다. 몇몇은 바흐의 음악을 듣고, 또 어떤 사람은 브람스를 들으며, 그리고 재즈를 듣는 사람들도 있습니다. 그러나 대부분은 탱고를 선택합니다. 이것으로 우리는 몇몇 아르헨티나

147 Emma Risso Platero(1915~1981). 우루과이 작가이자 외교관. 보르헤스는 그녀의 책 『불면의 건축물들』(1948)에 서문을 썼다.

악단이 동아시아 지역까지 가서 선풍적인 인기를 끌었음을 확인할 수 있습니다. 그렇게 탱고의 인기는 세계적인 현상입니다.

내 잊을 수 없는 친구 마세도니오 페르난데스[148]는 언젠가 역사가들에 대해 말하면서, 이들은 과거에 대해 너무나 잘 알지만, 현재의 우리에 대해서는 무지하다고 평했습니다. 그 말을 하니 월터 롤리 경[149]의 일화가 떠오릅니다. 그는 해적이자 무신론자로서 모험적인 삶을 산 후 결국 교수대에서 생을 마감했습니다. 그는 런던탑에 포로로 갇혀 사형 집행인의 도끼를 기다리면서, 세계사를 집필했습니다. 아니, 집필하기 시작했습니다. 글을 쓰다가 거리에서 시끄럽게 떠드는 소리를 들었고, 무슨 일이 일어났느냐고 물었으며, 여러 개의 모순되는 의견을 듣게 되었습니다. 그러자 그는 생각했습니다. '그런데 이게 뭐지? 나는 지금 오래전에

148 Macedonio Fernández(1874~1952). 아르헨티나 작가이자 철학자, 소설가. 보르헤스와 코르타사르, 그리고 피글리아에게 큰 영향을 주었다. 대표 작품으로는 유고작 『에테르나 소설의 박물관』(1967)이 있다.(옮긴이 주)

149 Sir Walter Raleigh(1554년경~1618). 영국의 작가이자 시인이며, 군인이자 탐험가. 영국 여왕 엘리자베스 1세의 총신으로 알려진 인물이며, 신세계 최초로 잉글랜드 식민지를 세웠다.

일어난 포에니 전쟁에 대해 말하고 있는데, 지금 내가 갇힌 런던탑 발치에서 일어난 일조차 제대로 알지 못하다니.' 그러면서 그는 펜을 놓았고, 그의 세계사는 미완성으로 남겨졌습니다.

최근에 역사에 대해, 그러니까 파리에서 탱고가 어떤 변천을 겪게 되었는지 조사하다가 나도 똑같은 결론에 도달했습니다. 어쩌면 한 작가의 글만 읽는 게 더 분별 있고 현명한 일이었을 것입니다. 하지만 그랬다면 그 작가가 말하는 것만을 되풀이했을 것입니다. 나는 여러 글을 읽는 경솔함을 범했고, 그 여러 글은 서로 모순되는 말을 하고 있었습니다. 그러나 대략 두 악단의 지휘자로 시작할 수 있다고, 그래도 큰 오류를 저지르지는 않을 거라고 생각합니다. 그 두 사람은 비앙코[150]와 바치차[151]입니다. 바치차는 별명일 겁니다. 아마도 그는 보카 지역에 살았던 제노바 사람일 겁니다. 두 사람은 파리로 가서 프랑스 음악가들에게 탱고 연주를 가르쳤습니다.

150 에두아르도 비센테 비앙코(Eduardo Vicente Bianco, 1892~1959). 아르헨티나의 바이올린 연주자이며 악단 지휘자, 작곡가.

151 후안 바우티스타 데암브로지오(Juan Bautista Deambroggio, 1890~1963)의 별명. 아르헨티나의 반도네온 연주자이며 작곡가이자 악단 지휘자.

그런데 여기서 내 친구가 한 사람 떠오릅니다. 우루과이 출신으로 몬테비데오 사람인 사보리도[152]입니다. 그는 자기가 탱고를 처음으로 유럽에 알린 사람 중 하나라고 말했습니다. 그는 성격이 아주 차분한 사람으로, 콤파드레의 면모 같은 건 전혀 없었고, 세관 직원으로 일했습니다. 그리고 프랑스와 영국의 상류 사회 부인들에게 탱고 춤을 가르쳤고, 적어도 잊지 못할 탱고 두 곡을 남겼습니다. 「라 모로차」와 「행복하게 살아」입니다. 이제 이름들을 토론할 시간입니다. 그건 피르포[153]가 먼저인지, 아니면 카나로[154]가 먼저인지가 논의되기 때문입니다. 아마 훌리오 데 카로[155]는 그들 이후일 겁니다.

그러나 내가 보기에 이런 모든 것은 아주 쉽게

152 엔리케 사보리도(Enrique Saborido, 1877~1941). 몬테비데오에서 태어난 음악가이자 탱고 작곡가. 네 살 때 부에노스아이레스로 이주하여 아르헨티나 시민권을 취득했다.

153 로베르토 피르포(Roberto Firpo, 1884~1969). 아르헨티나의 음악가이자 악단 지휘자, 작곡가. 그의 작품 중에서 특히 탱고 「방랑자의 영혼」이 유명하다.

154 프란시스코 카나로(Francisco Canaro, 1888~1964). 우루과이에서 태어난 탱고 작곡가이자 바이올린 연주자, 악단 지휘자.

155 Julio de Caro(1899~1980). 아르헨티나 탱고 작곡가이자 음악가, 악단 지휘자.

설명됩니다. 그건 당시 탱고를 쓰거나 탱고를 작곡하는 것이 그리 중요하지 않았기 때문입니다. 나는 여러 출처를 통해서 이런 사실을 알게 되었고, 돈이 필요한 작가가 탱고 한 곡을 쓰고, 그것을 유명 연주자에게 파는 일은 매우 쉬웠다는 말을 들었습니다. 때때로 작곡가들 사이에서 한 사람이 다른 사람에게 탱고를 선물했다는 기쁘고 흐뭇한 이야기도 들었습니다. 예를 들어, 「돈 후안」은 에르네스토 폰시오의 작품이 아니라, 로센도의 작품이었습니다.

이런 이야기를 하자니, 다시 엘리자베스의 시대가 떠오릅니다. 그 당시 연극 작품은 극단의 소유였지, 작가에게 속한 게 아니었습니다. 그래서 어느 극작품을 키드[156]의 것이라고 해야 할지, 아니면 셰익스피어의 것으로 해야 할지, 혹은 두 사람의 공동 작품이라고 해야 할지, 또는 알려지지 않은 제삼의 인물의 것인지에 대해 현재 많은 논란이 있는 것입니다. 다시 말해서, 그 모든 것은 우정과 진심, 그리고 온정

156 토머스 키드(Thomas Kyd, 1558~1594). 영국의 작가이자 극작가. 대표작으로 『스페인 비극』이 있다. 이 작품은 셰익스피어의 『햄릿』과 아주 비슷해서, 이것이 『햄릿』의 원본이라고 주장하는 학자도 있다.(옮긴이 주)

어린 분위기 속에서 이루어졌습니다. 그리고 탱고 한 곡이 한 사람을 유명하게 하거나 영광스럽게 만들 수 있다고 생각하지도 않았지요. 모든 게 우연이고 우발적이었습니다. 아마도 영속적인 예술 작품을 만드는 유일한 방법은 예술을 너무 심각하거나 진지하게 받아들이지 말고, 너무 큰 중요성도 부여하지 않으면서, 약간 즐겁고 심심풀이로 여기는 것일 겁니다. 현대 심리학자들이 말하는 것처럼 잠재의식이, 혹은 다른 사람들이 말하는 것처럼, 뮤즈나 성령이 작용하거나 영감을 주도록 놔두는 것일 겁니다. 마찬가지로 우선 개인의 모험, 즉 몇몇 아르헨티나와 우루과이 사람이 파리에서 개인적으로 탱고를 알리는 모험을 감행하고, 다음에는 영국에서, 그 후에는 미국에서 그런 일이 일어나는데, 이 마지막이 바로 가르델의 경우입니다.

이런 사람들은 탱고의 원형을 이루는 또 다른 인물이며, 탱고의 주요 인물인 콤파드레의 일생에서 아주 중요한 사람입니다. 바로 '부잣집 도련님들'입니다. 나는 그런 사람들과 지내면서, 『세군도 솜브라 씨』의 작가인 리카르도 구이랄데스와 오랫동안 우정을 나누었습니다. 나는 그와 이런 것들에 대해 이야기를 나누었습니다. 그렇지만 우리가 불멸이라고 믿을 때, 혹은 불멸이라고 느낄 때와 마찬가지로, 우리는 친구들도 그렇다고 생각합니다. 우리는 무언가가 마지막으로 일어날 수 있거나 일어나고 있다고는 절대 생각하지 않으며, 그래서 나는 구이랄데스에게 많은 것들을 물어볼 수 있음에도, 묻지 않았던 것입니다. 지난번에 말했던 니콜라스 파레데스에게도 그랬고, 가우초 음유 시인인 가르시아에게도, 그리고 폰시오에게도 그랬습니다. 나는 그들을 만났고, 그들과 대화했지만, 대화는 항상 다른 방향으로 나아갔습니다. 그래서 많은 것들을 확인해야 했지만 그러지 못했습니다. 내가 1965년에 여러분 앞에서, 내 친구들 앞에서, 이 주제에 관해 말할 것이라고는 그 당시 전혀 예상하지 못했기 때문입니다.

그런데 구이랄데스는 자기가 어느 집에서 탱고를 배웠다고 내게 말했습니다. 나는 그가 말한 '집'이 정확하게 어떤 의미를 함축하는지 모릅니다. 그곳이 칠레 거리에 있는 집인지, 아니면 세바요스나 엔트레리오스 동네에 있는 집인지도 모르겠습니다. 그리고 때때로 어느 건달이 와서 명령조로 "파티는 끝났습니다!"라고 말했다고 내게 이야기했는데, 그 건달의 이름이 무엇이었는지 기억이 나지 않습니다.

그러면 모두가 그 타이타[157]의 명령을 그대로 따랐습니다. 사람들은 그를 집주인으로 알았지요. 물론 여기서 '집'이 무엇인지는 우리가 마음대로 상상해도 좋습니다. 그래요, 구이랄데스는 탱고를 아주 좋아했고, 아내 아델리나 델 카릴[158]과 멋지게 탱고를 추었습니다. 아마도 지금 그녀는 몹시 위중한 상태인 것 같군요……. 구이랄데스는 인도에서 9년을 살았습니다. 그런데 그 춤을 추었지요. 그러니까 일종의…… 다정하고 온화하게, 하지만 고양이처럼 부드럽게 춤을 추었답니다. 다시 말해서, 아주 우아하고 멋지게 추었지요. 나는 그가 코르테를 사용하거나 과격한 자세로 춤을 추지는 않았을 거라고 생각합니다. 천천히, 하지만 안정적인 발걸음으로 춤추었습니다. 시골 출신이었기에 그는 탱고를 그다지 좋게 말하지 않았습니다. 그는 그것이 부에노스아이레스의 춤이라고 생각했거든요. 하지만 마음속으로는 탱고를 좋아했답니다.

이미 말했는지 모르겠는데, 똑같은 현상이

157 타이타(taita)는 부에노스아이레스의 속어로 건달, 조직폭력배를 뜻한다. 용감하다는 이유로 존경받고 칭찬받는 사람이다.

158 Adelina del Carril(1889~1967). 아르헨티나의 전 대통령 살바도르 마리아 델 카릴(Salvador María del Carril)의 손녀이며, 리카르도 구이랄데스의 아내.

루고네스에게도 일어납니다. 『사르미엔토의 역사』(1911)에서 루고네스는 탱고를 "사창굴의 뱀"이라고 부르면서 비난합니다. 그는 자기가 개인적으로 밀롱가를 더 좋아하고, 차르카스 거리, 그러니까 안데스 거리와 만나는 길모퉁이, 다시 말하면 우리부루 동네에 있는 '밀롱가 가게'에서 모이던 콤파드리토들의 슬픈 노래를 더 좋아한다고 말합니다.[159] 그러면서 이들은 체격 좋은 사내들이었다고, 지금의 콤파드레와는 상당히 달랐다고 말합니다. 그는 1911년인가 1912년에 "…… 그 제노바 음악의 짝짝 소리와 함께 잘못 잘린 튼튼한 목재 같은 어깨를 지니고서"라고 썼습니다. 그렇지만 그건 그가 그렇게 말했다는 것이지, 다른 의미가 있는 것은 아닙니다. 그는 공식적으로 아르헨티나 공화국은 부에노스아이레스에 있는 것이 아니라는 주장을 옹호했기 때문입니다. 그것은 프랑스는 파리가 아니라, 브르타뉴나 노르망디에서 찾아야 한다고 말하는 사람이 프랑스에

159 이곳에 모이던 가장 유명한 사람들은 가우초 '어린 새', 혼혈인 '플로레스', 호랑이 '로드리게스'와 흑인 '비야리노', 그리고 농촌의 우아함을 어느 정도 보여 주던 아코디언과 기타를 치는 친구들이었다.(옮긴이 주)

많은 것과 마찬가지입니다. 아니면 텍사스의 많은 사람이 내게 뉴욕에는 미국이 없으니 그곳에 갈 필요가 없다고 미리 알려 주었던 것과 마찬가지입니다. 그들은 아메리카를 오리건이나 몬태나에서, 무엇보다도 바로 그 텍사스에서 찾아야 한다고 말했습니다.

그러나 나는 여러 사람이 개인 주택에서 열린 탱고 콘서트에 루고네스를 초대했고, 그러고서 그가 탱고를 매우 좋아했다는 말을 들었습니다. 또한 그는 자기 시에서 콘투르시의 작품을 언급하는데, 그 이름은 불가피하게 '쿠르시(cursi, 유치한, 잘난 체하는)'라는 단어와 운이 맞습니다. 그는 내게 콘투르시의 탱고 가사 몇 개를 말했는데, 나는 그것이 그가 만든 게 아닌지 의심해 봅니다. 지난번에 말했는지 모르겠는데,[160] 그 가사의 끝은 이렇습니다.

당신 오빠가 당신에게 선사한
십자가를 떠올려 봐요,
그리고 친자노 포도주 상자로 썼던
나이트 테이블 위의 타조알을.

160 실제로 그는 이미 첫 번째 강연에서 이 대목을 인용했다.

루고네스는 "여기서 말하는 건……."이라고 말했지요. 그게 그의 말투였어요. "여기서 말하는 건 콘투르시가 빅토르 위고라는 것이네."

그러고서 말했습니다. "기둥서방이 십자가가 아니면 자기 여동생에게 어떤 것—여기서 여러분들이 '어떤 것'을 나쁜 단어로 대체해 보십시오—을 선물하겠나." 이것은 그가 나중에 기독교인이 되긴 했지만, 당시에는 기독교를 혐오했기 때문입니다. 그러나 로도[161]의 유명한 책처럼, 루고네스의 삶은 『프로테우스의 동기들』이라고 부를 수 있을 겁니다. 이건 진심으로 하는 말입니다. 나는 하나의 주제를 수없이 생각하는 사람은 그 주제에 대한 의견을 바꾼다고 생각합니다. 다시 말하면, 각각의 새로운 정의가 지닌 결함과 이점을 보게 되는 것입니다. 이제 탱고의 전파와 보급은 이 두 인물 덕분입니다. 다른 인물이지만, 마찬가지로 탱고의 주인공인 콤파드레, 즉 변두리 혹은 주변부 사람은 당연히 탱고를 파리로 가져갈 수 없었습니다. 그렇게 긴 여행을 해 본 적이

161 호세 엔리케 로도(José Enrique Rodó, 1871~1917). 우루과이의 작가이자 정치가. 그리스-라틴 전통을 높이 평가하는 '아리엘리즘'의 창시자다. 그의 작품은 세련된 시적인 문체로 라틴아메리카의 세기말의 불안을 표현한다. 대표작으로 『아리엘』, 『프로테우스의 동기』가 있다.(옮긴이 주)

거의 없었기 때문입니다.

비센테 로시는 1890년경에 몬테비데오의 산 펠리페 학원에서 코르테를 사용하는 춤 경연 대회가 자주 열렸다고 말합니다. 그리고 폭력적인 사람들이 모인 분위기에서 방문객들, 그러니까 몬테비데오에 도착한 부에노스아이레스의 콤파드리토—거칠고 힘들 수도 있는 여행 때문에 약간의 뱃멀미를 느낀—는 몬테비데오의 변두리 사람들인 자기 동료들에게 정중하게 환대를 받았습니다. 그리고 단도를 가지고 다니던 사람들이 모였어도 한 번도 사고가 일어나지 않았습니다. 로시가 덧붙이듯이, 지금 축구 경기에서 일어나는 것과는 달랐습니다. 다시 말하면, 국적이 다르다는 사실은 적대감의 원인이 아니라 우정을 맺게 되는 동기가 되었습니다. 거기서 로시는 내게 말하길, 부에노스아이레스의 콤파드리토는 복장 때문에 몬테비데오의 콤파드리토들과 한눈에 구별된다고 했습니다. 예를 들어, 우루과이 콤파드레들은 굽 높은 구두를 신지 않았고, 더블 재킷을 많이 입었습니다. 그리고 아르헨티나 콤파드레의 중절모는 챙은 더 넓고 높이는 좀 낮았습니다. 하지만 이곳 콤파드레가 챙이 좁고 춤이 높은 중절모를 사용하던 시절도 있었습니다.

그런데 아주 이상한 사실이 있습니다. 여기 책을 한 권 가져왔으니 여러분이 직접 보시지요. 캘리포니아의 샌프란시스코에서, 그러니까 여기에서 아주 멀리 떨어진 곳에서 행해지는 '싸구려 삶'에 관한 책입니다. 게다가 샌프란시스코는 태평양을 마주하고 있기에, 아르헨티나와는 아무런 연결 관계가 없습니다. 그런데 여기에 몇 개의 그림이 있습니다. 몇 개의 깃털이 있는데 이것은 '후들럼',[162] 그러니까 1880년대 샌프란시스코의 건달이나 폭력 단원을 상징합니다. 그들 중 하나는 약간 황당하게도 프록코트를 입고 있습니다. 그렇지만 그들 중 두 사람은 아르헨티나의 콤파드리토와 같은 옷을 입고 있습니다. 다시 말해서, 허리 밴드가 있는 바지, 굽 높은 구두, 짧은 재킷을 입고 긴 머리에 시커먼 중절모를 쓰고 있었습니다. 그런데 왜 이런 일이 일어나는 것일까요? 두 사람 모두 일반적인 양식을 모방했던 것일까요? 아마도 하층민이나 범죄자들이 어떻게 옷을 입었는지 알아야 할 겁니다. 가령 파리나 런던의 범죄자들이 말입니다. 그런데 1880년대에 왜 그토록 똑같이 옷을 입었을까요? 우리는 그 이유를 절대 알아낼

162 '기둥서방', '뚜쟁이', '강도', '건달'을 뜻한다.

수 없을 겁니다.

그럼 이제 이 인물들, 그러니까 부에노스아이레스의 사창굴에서 콤파드레와 부잣집 도련님, 즉 악단의 초기 지휘자가 되는 사람들에 다른 인물을 덧붙여야 합니다. 우리는 그 인물을 항상 잊어버립니다. 수동적인 역할을 하지만, 그 역시 중요한 인물입니다. 그들은 일반적으로 '삶의 여자'[163]라고 불립니다. 마치 진정한 삶은 그것이지, 생각하는 삶이나 행동하는 삶이 아니라는 것 같습니다. 하지만 매춘부를 그런 말로 부릅니다. 당시 시골 여자들, 시골 마을에 사는 여자들, 시골 여자 주민들은 '크리오야,' 즉 아르헨티나에서 태어난 백인 여자였고, '치나'라고 불렸습니다. 미겔 안드레스 카미노는 탱고에 관한 시[164]에서 그렇게 말합니다.

> 오래된 목장에서
> 1880년 무렵에 태어났네,
> 밀롱가와 변두리 '불량배'의
> 아들이었네.

163 매춘부, 창녀를 뜻한다.(옮긴이 주)

164 미겔 안드레스 카미노가 쓴 이 시의 제목은 「탱고」이며, 그의 시집 『구슬 목걸이』에 수록되어 있다.(옮긴이 주)

(그래요, '밀롱가'라는 말은 몸 파는 여자, 즉 '크리오야'입니다.)

전차 기관사의 뿔피리 기적을
대부로 삼았고
단도 싸움 덕택에
춤추는 법을 배웠네.

이것은 탱고에 관한 시 중에서 가장 유명한 작품입니다. 그렇지만 그 시대의 사람들과 대화하면서, 나는 20세기 초에 그런 유형의 여자들 사이에서는 흔했던 일이라는 소리를 들었습니다. 요금과 분위기의 문제였지, 이런 일은 흔했다고 합니다. 그래요, 말하자면 가장 비싼 여자들은 프랑스 여자들이었습니다. 그리고 가장 흔한 여자들은, 그러니까 이건 나중에 아주 흔해진 현상인데, 그들은 '발레스카'라고 불렸습니다. 다시 말하면 폴란드, 헝가리를 비롯해 중부 유럽 여자들이었지요. 춤을 출 때 코르테는 남자들이 하는 것이었지요. 여자가 춤추면서 코르테를 하는 것은, 말하자면 안무가 들어간 판본이거나 연극이나 영화로 각색된 판본이며, 탱고를 약간 왜곡한 것입니다.

그럼 이제 다른 주제로 넘어가겠습니다. 이 다른 주제는 무엇이냐면…… 내가 잘난 체하는 교만의 죄를 범할까 걱정됩니다만 이건 잘난 체가 아니라, 실제로 내가 가장 잘 말할 수 있는, 그러니까 가장 잘 알고 있는 주제입니다. 그건 탱고가 문학의 주제로 어떻게 사용되었는가입니다. 우선 우리는 이것을 탱고 자체에서 발견할 수 있습니다. 즉, 탱고가 탱고에 대해 말하는 것, 탱고가 탱고와 대화하는 것이라고 말할 수 있을 겁니다. 대표적인 예로 "오늘 밤이 바로 그때"[165]를 들 수 있습니다. 혹은 다른 예로 그 유명한 탱고에서도 탱고에 대해 말합니다.

반도네온이 풀무에서 소리 낼 때
바이올린이 술집 무대에서 울리고
길모퉁이 돌면 있는 싸구려 여관에서
건달들은 콤파드레의 탱고를 즐긴다.[166]

165 오라시오 페토로시(Horacio Pettorossi)가 글을 쓰고 곡을 붙인 탱고 「당신이 다른 여자와 있는 것을 보았네」의 가사 일부.
166 로베르토 리노 카욜(Roberto Lino Cayol)이 가사를 쓰고 라울 델로스 오요스(Raúl De los Hoyos)가 곡을 붙인 탱고 「오래된 구석」. 악기로만 연주했을 때는 원래 '물랭루주'라고 불렸다. 1925년 8월 14일 마이포 극장에서 무대에 올린 극 작품 「모든 게 좋아」에서 비센테 클리멘

다시 말하면, 탱고의 주제 중에서 하나는 바로 탱고 그 자체입니다. 이런 현상은 가장 오래된 탱고 중의 하나인 「엘 초클로」에 새로 붙인 가사에서도 일어납니다.

카랑칸풍카는 당신의 깃발과 함께 바다를 건넜고,
페르노[167] 한 잔에 파리와 알시나 다리[168]를 섞었고…….

나는 내 친구 에두아르도 아베야네다에게 '카랑칸풍카'가 무슨 의미냐고 물었고, 그는 내게 '카랑칸풍카'는 '카랑칸풍카'로 느끼는 사람의 기분 상태라고 말했습니다. 어쨌든 나는 그가 라틴 속담을 아는지는 모르지만, 그 속담은 정의된 것이란 정의에 들어가서는 안 되는데, 그래야 모든 걸 정의할 수 있기 때문이라는 것입니다. 그렇지 않습니까? 그러고서 그는

트(Vicente Climent, 1895~1950, 스페인에서 태어났지만 주로 아르헨티나에서 활동한 영화배우이자 탱고 가수)가 처음 이 노래를 불렀다.

167 프랑스 향주(香酒)의 일종으로 밝은 연두색을 띤다. 아니스가 들어가며 도수는 37도 안팎이다.(옮긴이 주)

168 '알시나 다리'는 1938년에 개통된 다리로, 처음에는 우리부루 다리로 불렸다. 리아추엘로강을 지나 누에바 폼페야 지역과 발렌틴 알시나 지역을 연결하는 다리이다.(옮긴이 주)

내게 덧붙였습니다. “그래요, 그건 떠들며 놀고 가로등을 부숴 버리고 싶은 마음이지요.” 그러나 나는 그가 말하고자 하는 의도를 완벽하게 이해했습니다.

한편 비오이 카사레스는 이 단어를 두고 이렇게 제안했습니다. “카랑칸풍카는 당신의 깃발과 함께 바다를 건넜고”에서 ‘카랑칸풍카’는 악단 지휘자, 즉 파리에 탱고를 처음 소개했던 사람 중의 하나를 의미할 수도 있다고 말했는데, 그것은 다음에 “페르노 한 잔에 파리와 알시나 다리를 섞었고……”가 나오기 때문입니다. 물론 이 모든 건 현재의 가사에 해당합니다. 나는 그렇게 가사가 바뀐 게 언제인지 잘 모릅니다. 한편 나는 탱고 「엘 초클로」를 배웠지만, 내가 아는 판본은 도저히 입에 올릴 수가 없습니다. 여기서도 그 가사를 반복할 수 없습니다. 여기에 있는 그 누구의 기분도 상하게 하고 싶지 않기 때문입니다. 그 가사는 아주 다릅니다. 알시나 다리나 파리에 대해서 말하지 않으며, 탱고의 역사에 대해서도 말하지 않는데, 바로 이 역사에 바탕을 두고 「엘 초클로」에 붙인 가사가 만들어지는 겁니다.

그런데 또한 실바 발데스가 탱고에 헌정한 시[169]도

169 페르난 실바 발데스(Fernán Silva Valdés, 1887~1975). 우루과이의 시인이자 작곡가, 극작가. 여기서 말하는 시의 제목은 「탱고」이다.

있습니다. 그 시에는 행복한 구절이 단 한 개 있다고 생각하는데, 시작 부분은 아닙니다. "밀롱가 탱고, 콤파드레의 탱고, 생생한 마음……"으로 시작하는 것 같은데, 잘 모르겠네요. 그러고서 탱고를 통해 "변두리의 생생한 냉혹함과 가혹함을 느낀다. 실크 칼집 사이로 칼날을 느끼듯"이라고 말합니다. 내가 보기에 행복하고 정확한 이 모습 다음에, 실바는 이제 추상적인 생각으로 들어갑니다. 그는 탱고는 온몸으로 추고, 그건 좋은 일이지만, 의욕 없이, 마치 서행 차선에 있는 것처럼 춤춘다고 말합니다. 그러고는 추상적이고 불확실하게 "탱고, 그대는 대중들의 영혼 상태"라고 정의 내리면서 시를 마칩니다. 이 말은 우리에게 그리 많은 것을 드러내지 않습니다.

이제 기억나는 것이 있습니다. 구이랄데스는 기타를 아주 잘 쳤습니다. 유럽을 여행하면서 그가 우리에게 증거로 남겨 둔 것이 있습니다. 우리 집에 자기가 항상 존재한다는 증거이자 담보물로 기타를 남겨 두었던 것입니다. 우리는 1년 동안 리카르도 구이랄데스의 기타를 우리 집에 숙박시키는 영광을 갖게 되었지요. 구이랄데스가 탱고에 관해 쓴 시가 하나 있는데, 그것은 『유리 방울』에 수록되어 있습니다. 아마

1915년에 출간된 작품일 겁니다. 거기서 그는 탱고를 '수컷'에 비유합니다. 그러니까 탱고-노래가 아니라 탱고-밀롱가를 언급하는 것이 분명합니다. 그리고 아주 멋진 문구로 "피할 수 없는 운명이자 호탕하고 야만적인 탱고"[170]라고 말합니다.

이제 돌아가겠습니다. 음…… 카리에고의 작품에서 내가 떠올린 몇몇 말들이 있습니다. 그러나 그 말들은 탱고를 간접적으로 언급합니다. 1907년경에 탱고는 변두리의 삶을 벗어나지 못했기 때문입니다. 반면에 동네 가수에게는 시 하나를 모두 헌정하기도 했습니다.[171] 그 시는 이렇게 말합니다.

> 이미 집안 식구들은 포도 덩굴이 뒤덮은
> 마당 한쪽 구석으로 다가가고 있고,
> 동네 가수는 앉아서 초조한 손으로
> 달콤한 기타 줄을 맞춘다.

그러고서 "방에서 나가려고 하지 않는 오만한 젊은

170 구이랄데스의 『유리 방울』에 수록된 시 「탱고」의 마지막 부분.

171 에바리스토 카리에고가 쓴 이 시의 제목은 「동네에서」이며 『이단 미사』(1908)에 실려 있다.

여인"에 대해 말합니다. 그는 그녀에게 노래하고 있지만 "헛되이 노래하고" 있습니다. 그러고는 그 남자들에게 사랑은 개인적인 허영과 자만의 문제였기 때문에, 그들은 한 여자가 한 남자에게 사랑에 빠지거나 그렇지 않은 것은 뜻밖의 우연이라는 것을 이해하지 못합니다. 그것은 아마도 여자뿐만 아니라 남자에게도 아주 신비하며 알 수 없는 일일 겁니다.

그러나 콤파드리토들은 사랑을 그렇게 이해하지 않았습니다. 오히려 동네 가수의 노래에서 경멸을 보았지요. 그래서 이런 대목으로 이어집니다.

짓궂고 못된 영혼의 잔인한 냉소.
팔레르모여, 나는 그가 칼로 찌르기에 앞서
질투를 노래하며 괴로워하는 소리를 들었다!

그러고는 이렇게 말합니다.

기타 치는 이의 괴로운 얼굴 위로
검붉은 빛의 오래된 흉터가 있고,
가슴에는 싸움쟁이의 무뚝뚝한 원한이
검은 눈에는 칼날의 빛이 번득인다.

직업을 가수로 삼고 있는, 그러니까 변두리 가수인 카리에고의 작품 전체에서 탱고에 대한 언급은 단 두 번만 나오는 것 같습니다. 그리고 왈츠에 대해서도 말합니다.

왈츠가 끝나면 너는 아무도 없는 외로운 거리를
건너는 쓸쓸함처럼 떠날 것이고,
그곳에 남아 문 뒤에서
달을 바라보는 사람도 있겠지.[172]

그리고 아바네라에 대해 말합니다. 아바네라는 잊혔지만, 밀롱가와 더불어 탱고의 어머니 중 하나입니다. 그러나 나는 마르셀로 델 마소처럼 탱고를 제대로 다룬 사람은 없다고 생각합니다. 나는 첫 강연에서 그의 시를 인용했습니다.

커플은 뜨겁고 용맹스러운 리듬에 맞춰 나아갔다.
머리카락을 베개 삼아 이마를 기대고서.
어깨에 세 개의 손, 그리고 허리에 하나의 손,

172 에바리스토 카리에고의 시 「당신은 돌아왔네」에서.

그것이 최신 유행의 변두리 탱고.

그의 작품 「탱고 삼부작」은 한 편의 시로 끝나는데…… 그는 탱고를 '삼부'라고 부르면서, 「탱고에서의 죽음」이라는 제목의 시[173]로 이 삼부작을 끝맺습니다. 그 시에서 그는 질투에 사로잡혀 한 여자를 죽이는 악한에 대해 말합니다. 그를 배신한 부정한 여인이었는데, 이름이 의미심장하게도 '훌륭한 여자'였습니다. 이것은 그녀가 큰 어려움 없이 그의 부탁을 모두 들어주었다는 뜻이지요. 그러고서 이렇게 말합니다.

'훌륭한 여자'는 자기 남자에게 거만하게 굴었고,
악당은 칼로 두 번 찔러 그 거만함의 대가를 치르게 했다.

그러고서 말합니다.

계집들이 얼마나 울며 비명을 질러 대고,

173 마르셀로 델 마소의 『패배자들』에 수록된 「탱고 삼부작」의 세 번째 시는 「탱고의 끝」이다.

건달들은 얼마나 떠들며 부산을 떨었는지,

그런 동안 살인자는 뒷담을 넘어 도망쳤고,

한 여자 이상에게, 여자의 불쌍한 몸에 가르침을
주었지만

포도주가 아닌 탱고의 숙취가 지나가자

악당들은 죽은 여자의 누더기는 안중에도 없이

거친 행동에 찬성하면서 성인 전야 축제를 마쳤다.[174]

나는 내가 옆길로 새는 형벌을 선고받았다고 생각합니다. 이미 우리가 탱고에서의 죽음, 즉 춤추다가 맞는 죽음에 대해 말했으니, 이제 여러분을 데려갈 곳은…… 하지만 너무 놀라지 마십시오, 이건 몇

174 이 시 전체는 다음과 같다. "눈물 짜는 탱고는 듣기 좋은 소리로 스며들었고/ 플루트는 반도네온과 바이올린과 삼중주로 탄식하고/ 코맹맹이 멜로디는 분위기와 맞게 떠는데/ 그때 추잡하고 천박한 모임에서 비극이 일어났다.// 소란스러운 불량배 세계에서 분노가 고동치고/ 염색한 짧은 머리카락의 여자들이 정신없이 탱고를 추는 그곳에서/ 분노는 폭발했고, '훌륭한 여자'는 자기 남자에게 거만하게 굴었고,/ 악당은 칼로 두 번 찔러 그 거만함의 대가를 치르게 했다.// 계집들이 얼마나 울며 비명을 질러 대고 건달들은 얼마나 떠들며 부산을 떨었는지,/ 그런 동안 살인자는 뒷담을 넘어 도망쳤고,/ 한 여자 이상에게, 여자의 불쌍한 몸에 얼마나 가르침을 주었는지!!// 포도주가 아닌 탱고의 숙취가 지나가자/ 악당들은 죽은 여자의 누더기는 안중에도 없이/ 거친 행동에 찬성하면서 성인 전야 축제를 마쳤고……."

분이면 충분하니까요. 나는 여러분을 아주 먼 곳으로 데려가고자 합니다. 스웨덴 왕의 죽음에 대한 것인데, 그 죽음은 이탈리아에서 일어났을 수도 있습니다. 그 사건은 우리가 스웨덴에 대해 들을 때 상상하는 것보다 이탈리아에 대해 들을 때의 상상과 더 부합하기 때문입니다. 스톡홀름의 궁전에서 대규모 무도회가 열렸습니다. 포의 「붉은 죽음」[175]을 연상시키는 가면무도회였습니다. 남자 무용수들이 둥글게 왕을 에워쌌고, 그래서 왕은 앞으로 나아갈 수 없었습니다. 처음에 왕은 그걸 장난으로 여겼고, 웃으면서 길을 열려고 했습니다. 하지만 포위망은 점점 좁혀졌고, 마침내 안대를 하고 있던 무용수들은 칼집에서 칼을 빼 왕을 겨누었습니다. 이제 나는 정말 그랬는지, 아니면 델 마소의 시가 그런 건지, 아니면 축제와 죽음이라는 대립 관계에 있는 옛날의 관념 연합인지, 즉 전투를 '칼의 축제'라는 은유로 부른 것인지[176] 잘 모르겠습니다.

175 「붉은 죽음의 가면극」은 미국 작가 에드거 앨런 포(1809~1849)의 단편 소설이다. 이 작품은 1842년 5월에 《그레이엄의 매거진》에 처음 발표되었다.

176 『영원성의 역사』에 수록된 글 「케닝」과 구스타보 루벤 조르지(Gustavo Rubén Giorgi)의 글 「북쪽에 대한 보르헤스의 초기 애착」, 《문학의 땅》(No. 237, 2012년 11월 3일)을 참조.

빅토르 위고는 워털루 전투에 관한 서사시에서 "그 축제에서 죽을 것임을 알자, 폭풍 안에 서 있는 신에게 인사를 했던" 군인들에 관해 말합니다. 그리고 위고는 싸움을 '칼의 춤'이라고 부릅니다. 이런 표현은 모든 국가에서, 그리고 모든 문학에서 발견된다고 나는 생각합니다.[177]

그건 그렇고, 나는 두 주제, 즉 탱고와 죽음을 하나로 합치려는 생각으로 시작했다고 생각합니다. 그리고 그것이 바로 내 첫 번째 단편 소설의 싹이었다고 기억합니다. 내가 쓴 모든 작품 중에서 가장 유명한 단편 소설입니다. 정말 어이없게 가장 유명해진 그 작품은 바로 「장밋빛 모퉁이의 남자」입니다. 또한 내가 그 작품을 쓴 건 내 친구이며 내가 여러분에게 여러 차례 말했던 니콜라스 파레데스가 얼마 전에 죽었기 때문입니다. 나는 그가 들려준 이야기들을 기억합니다. 그리고 칼라베라(망나니)였던 작은아버지[178]가 들려준

177 보르헤스는 이 표현을 가장 유명한 그의 단편 소설 중의 하나인 「두 갈래로 갈라지는 오솔길들의 정원」에서 사용한다. 그 작품은 이렇게 말한다. "똑같은 군대가 연회가 벌어지는 어느 궁전을 지나간다. 그들은 번쩍거리는 전쟁터를 축제의 연장으로 생각하고, 그래서 쉽게 승리를 거둔다."

178 보르헤스의 작은아버지인 프란시스코 보르헤스 아슬람을 지칭한다.

이야기, 로하스 실베이라[179]가 들려준 이야기들을 기억합니다. 실베이라는 부에노스아이레스 변두리의 분위기와 당대의 점잖치 못한 사람들이 추던 춤을 자주 접했던 사람입니다. 나는 이 모든 것이 사라질 것이라고, 아니 사라질 수 있다고 생각했고, 그것들을 한 편의 단편 소설에 모아 놓을 필요가 있다고 생각했습니다. 그래서 그 실마리들을 이으면서 작품을 쓰게 되었습니다.

나는 지금은 사라지고 없는 아드로게의 어느 호텔[180]에 있었습니다. 대중적인 주제를 건드리는 문학인은 모두 위험해진다는, 그걸 과장하는 확실한 위험에 빠진다는 사실을 난 알고 있습니다. 그래서 내 단편 소설에는 두어 개의 부에노스아이레스 속어만 있을 뿐입니다. 나는 그런 속어를 많이 사용하거나 모아 놓으면, 독자는 작가가 아르헨티나 방언 사전 혹은 부에노스아이레스 은어 사전을 옆에 놓고서 단어를 찾는다고 느끼게 된다는 것을 압니다. 이건 작품 전체를 허위와 날조로 오염시킵니다. 그래서 그 단편 소설에는 오로지

179 아르헨티나 작가이자 언론인이며 시인인 마누엘 로하스 실베이라(Manuel Rojas Silveyra, 1884~1956)를 가리키는 것이 분명하다.

180 아드로게 동네에 있던 '라스 델리시아스' 호텔을 가리킨다. 이 호텔은 1958년에 철거되었다.

부에노스아이레스 은어 두 개만 있다고 믿습니다. 하나는 백색 무기(vaivén)인데 지금은 쓰지 않는 단어입니다. 이것은 칼을 의미하는데, 빠른 찌르기와 찌를 때 빛나는 칼날이 보이기 때문입니다. 그리고 다른 하나는 상처나 주먹질을 뜻하는 '비아바'라는 단어인데, 이것은 지금도 사용됩니다. 아직 사용되는지 모르는 단어는 내가 처음 배웠던 부에노스아이레스의 은어인데, 착한 초등학교 동급생이 알려 준 것입니다. 내가 동네의 나머지 아이들의 말을 이해하도록 가르쳐 준 '수프 있는 주먹질'이란 표현입니다.

'수프 있는 주먹질'이란 '피 흘리는 싸움'을 뜻했습니다. 아마도 이것, 그러니까 '수프 있는 주먹질'이나 '수프가 흥건한 주먹질' 같은 표현은 사라진 것 같습니다. 아마도 이것은 이미 부에노스아이레스 은어의 고어에 속할 것이고, 이제는 다른 단어가 사용되고 있습니다.

나는 그제 밤에 칠레에서 돌아왔습니다. 그런데 칠레에서 '코아'라고 부르는 것 중에서 아주 예쁜 단어를 들었습니다. 그러니까 '코아'는 칠레의 산티아고에서 사용하는 암흑가의 은어인데, 부에노스아이레스의 은어인 '부포소,' 그러니까 '권총'이란 단어보다 더 예쁩니다. 거기서는 '권총을 꺼내다'라는 말을 '시커먼 입을 꺼내다'라고 합니다. 어디에서 유래된 것인지는 모르겠지만, 또 다른 멋진 단어는 바로 칼이나 단도를 의미하는 '키스케'[181]입니다. 이것 말고도 내게 구체적으로 말해 주려고 하지는 않았지만, 몇몇 집을 '고층 집'이라고 불렀습니다. 내 생각에 이것은 마을이나 동네의 집이 모두 단층집인데, 이런 집 중에서 '고층 집'이 되는 호사를 누릴 수 몇몇 집을 일컫는 말인 것 같습니다.

그렇지만 내 단편 소설 「장밋빛 모퉁이의 남자」로 다시 돌아가지요. 이 작품은 엔리케 아모림[182]에게 헌정되었습니다. 바로 이것 때문에 내가 아모림에게 우정 어린 도전으로 그 단편 소설을 썼다는 소문이 돌았습니다. 그건 마치 나 역시 아르헨티나 암흑가의 놀이를 할 수 있다고 말하는 것과 같았습니다. 하지만 그런 의도는 없었습니다. 또한 아모림은 가우초에 대해, 브라질 국경에 있는 가우초에 대해 썼고, 나는

181 스페인어에서 이 단어의 원래 의미는 '모든 사람' 또는 '모두'를 뜻한다.(옮긴이 주)

182 Enrique Amorim(1900~1960). 우루과이의 소설가. 좌익 성향으로 유명하며, 대표작으로 시골 매춘을 다룬 단편집 『구멍가게 여점원』이 있다.(옮긴이 주)

부에노스아이레스의 변두리 사람에 관해 썼습니다. 그리 분명하지 않은 시기의 변두리 사람, 다시 말하면 어떤 날짜가 언급되건 그보다 항상 다소 떨어져 있는 날짜의 변두리 사람이었습니다. 그러니까 독자가 상상했던 날짜보다 약간 이전에 해당하는 날짜의 주변인에 관해 썼지요.

나는 이것이 내가 영화에 대해 말할 때 유일하게 나무랄 점이라고 생각합니다. 동명의 제목으로 영화가 제작되었고, 레네 무히카가 훌륭하게 감독했지요.[183] 그런데 그는 당대의 지역 색채를 과장했습니다. 그의 영화는 1910년을 배경으로 하는데, 내가 완벽하게 기억하는 그해에 나는 열한 살이었습니다. 하지만 내 단편 소설은 1890년대, 그해보다 몇 년 이전일 수도 있고 몇 년 후일 수도 있는 시절을 시간적 배경으로 합니다. 아니 조금 이전이라고 말하는 편이 좋을 것 같군요. 그래서 그는 영화에서 두 개의 동네를 보여 주어야 했습니다. 하나는 산 텔모 동네, 그러니까 레사마

183 이것은 영화 「장밋빛 모퉁이의 남자」(1962)를 지칭한다. 감독 레네 무히카(René Mugica)가 보르헤스의 동명의 단편 소설을 바탕으로 만든 작품이다. 무히카는 100주년 행사 한가운데에서 행위가 일어나게 하지만, 보르헤스의 단편 소설은 1900년에 일어난다.

공원 주변과 말도나도 동네[184](이미 이것은 상당히 큰 지역을 의미합니다. 그것은 팔레르모에서 시작하여, 아니 팔레르모에서 끝나고, 리니에르스부터 흘러들어 플로레스타, 플로레스, 알마그로, 비야 크레스포, 비야 말콜름, 팔레르모 동네를 지나기 때문이지요.[185])를 보여 주어야 했습니다. 감독은 관객들이 헷갈리지 않도록 두 동네의 차이와 특성을 강조해야만 했습니다. 그래서 말도나도 개울이 거의 가우초로 가득한 동네가 되었는데, 1910년이라는 점을 고려한다면 그것은 잘못되었습니다. 말도나도 동네는 칼라브리아 출신의 불량배가 많이 살았지만 부에노스아이레스 출신의 악당은 얼마 없었던 동네였기 때문입니다. 산 텔모 동네에 대해 말하자면, 1910년에는 이미 칸돔베를 추던 동네가 아니었습니다. 어쨌든 나는 이런 사실들을 알지 못했습니다. 그러나 감독은 그렇게 만들어야만 했습니다. 그런데 나는 그 작품에서 많은 것을

184 여기서는 현재는 복개된 말도나도 개울을 지칭한다.

185 보르헤스는 여기서 말도나도 개울이 지나가는 열 개의 동네 중 몇 개를 열거한다. 이 개울은 이제 철근 콘크리트로 복개되어 동남쪽에서 서북쪽으로 부에노스아이레스를 지나가고, 라플라타강으로 흘러든다. 이 개울이 흘러가는 지역 대부분은 후안 B. 후스토 대로의 경로와 일치한다.

되찾으려고 했습니다. 무엇보다도 부에노스아이레스 변두리 사람들의 억양을, 이제는 완전히 사라져 버린 그 억양을 되찾으려고 했습니다. 또한 그들의 말은 현재의 것과 소리도 다릅니다.

부에노스아이레스의 은어는 대부분 이탈리아 단어로 구성되어 있습니다. 그렇지만 그 이탈리아 단어들은 우리의 언어로 들어왔고, 그래서 이제는 다른 단어를 말할 때와 똑같은 목소리로 말하고, 다른 단어들과 뒤섞여 합쳐집니다. 예를 들어 보지요. 하지만 내가 드는 예는 이미 시대에 뒤떨어져 고어가 되었을 수도 있습니다. 지금은 누군가가 '보이 아 라하르(Voy a rajar)'나 '보이 아 스피안타르메(Voy a spiantarme)'[186]나 이와 비슷하게 말할 겁니다. 반면에 내가 어렸을 때, 이런 단어들은 따옴표를 사용해 말해졌지요. 그러니까 사람들이 다른 나라의 말이라는 사실을 알고 사용했지요. 그래서 재미로, 즉 신소리로 그런 단어를 사용했던 것이고, 따라서 부에노스아이레스 출신의 콤파드레는 '보이 아 스피안타르메'가 아니라

186 '도망쳐야겠어' 혹은 '토껴야겠어'라는 의미이다. 여기서는 '도망치다'라는 이탈리아어를 스페인어로 마구 사용한다는 것을 강조한다.(옮긴이 주)

'메 보이 아 스피안타르'라고 말했지요. 다시 말해서, 마치…… 그 순간에 마치 이탈리아 사람인 것처럼 장난하면서, 외국어를 사용한다는 것을 완전히 의식하면서 그렇게 말했던 것입니다. 이제 이런 모든 것이 우리 말로 들어왔고, 그래서 이제는 말할 때 이런 단어는 스페인어화되어서 다른 단어와 차이를 보이지 않습니다.

나의 글쓰기 과정은 이랬습니다. 먼저 한 대목을 쓰고, 일단 그것이 마무리되면 내 친구의 목소리로, 그러니까 세상을 떠난 내 친구 파레데스의 목소리로 그 대목을 읽었습니다. 그 부분이 목소리와 잘 어울리지 않으면, 내가 문인처럼, 즉 이 단어가 지닌 최악의 의미로, 다시 말해 젠체하고 유식한 것처럼 처신했다는 것을 깨달았고, 거짓처럼 보일 수 있는 부분을 삭제했습니다. 예를 들어 은유법과 애써 공들여 찾은 성질 형용사 같은 것을 지워 버렸습니다. 그러나 그것 말고도 여러 이야기를 하나로 합쳤습니다. 로하스 실베이라가 들려준 이야기, 그러니까 아주 짧은 일화가 있는데, 나는 그것을 내 단편에 넣었습니다. 사람들은 '영국인'이라는 별명의 어느 콤파드레에 대해 말했습니다. 나는 그가 '영국인' 카를로스 팅크[187]라고 생각합니다. 나는 그의 여자 사촌을 알게 되었는데, 그녀는 자기 사촌에 대해 다소 창피해하며 말했습니다. 사람들 말에 따르면, '영국인' 카를로스 팅크는 변두리 사람들이 모여 춤추는 어느 곳에서 코르테를 사용하며 춤을 추었습니다. 그는 코르테를 제대로 사용하는 훌륭한 춤꾼이었을 뿐만 아니라, 멋지고 실력 좋은 살인자였다고 합니다. 사람들이 그렇게 생각했다고 합니다. 당시 사람들은 무대에 공간을 만들어 주고 그가 춤추는 것을 바라보았답니다. 마치 유명한 탱고에서, 그러니까 라우라, 마리아, 바스크 여자를 비롯해 그런 여자들에 대해 말하는 탱고에서처럼 "당신이 춤추는 걸 보려고 둥글게 원을"[188] 만들었던 것입니다. 마치 금발의 미레야[189]와 춤추는 것처럼 말입니다. 그러자 그는 잘난

187 '영국인 팅크'는 보르헤스의 영국인 가정교사인 팅크 양의 사촌으로 칼잡이였다. 루스 캄파나 데 와츠(Luz Campana de Watts)와의 대담집 『작가 호르헤 루이스 보르헤스의 전설적인 삶의 어느 하루』(1995)에서, 보르헤스는 이렇게 말한다. "그래요, 그래요, 팅크 양이었어요. 참으로 이상하게도 그녀의 어느 사촌이 악당으로 유명했어요. '영국인 팅크'였는데, 칼잡이였어요."

188 마누엘 로메로(Manuel Romero)가 작사한 탱고 「지난 시절」(1926)의 가사.

189 '금발의 미레야'는 탱고 가사 덕분에 아르헨티나 대중의 상상 속에 뿌리박힌 수많은 여주인공의 하나이다. 실제의 여인인 경우도 있었지만, 미레야는 상상 속의 여인이라고 알려져 있다. 프랑스 태생의

체하면서 말했습니다. 코르테를 하는 것은 그의 몫이고, 여자는 그의 의도를 짐작하면서 계속 따라와야만 했기 때문이지요. 그는 말했습니다. "여러분. 내 여자를 잠들게 해서 데려가니, 공간을 열어 주십시오." 그리고 나는 그 말을 지금 말하는 내 단편 소설에 넣었습니다.

그럼 다시 내 단편 소설로 돌아가지요. 거기에는 두 주제가 서로 연결되어 있습니다. 우선 눈에 보이지 않지만, 많이 등장하는 그 탱고의 인물입니다. 나는 "탱고는 우리에게 자기의 뜻을 이루었고……"라고 말합니다. 마치 탱고가 각 커플의 의지를 넘어 존재한다는 듯이 말입니다. 그러고서 나는 아르헨티나 토착 악당이라는 또 다른 주제를 택했습니다. 내가 보기에는 너무나 아름다운데, 그것은 바로 사심이 없는 도발이라는 주제입니다. 그러니까 상대방이 용감하다는 것을 알기에 그 상대방을 도발하는 사람에 관한 것입니다.

내가 수집한 가장 아름다운 일화 중 하나는

이 아름다운 여자의 이야기는 부에노스아이레스의 탱고 무도장의 밤을 흥겹게 만들었으며, 그녀의 허구적 삶을 바탕으로 두 편의 영화가 제작되었다. 한 편은 「옛 남자들은 포마드를 사용하지 않았다」(1937)이며 다른 한 편은 「금발의 미레야」(1948)이다.(옮긴이 주)

치빌코이[190]라는 마을에서 들은 것입니다. 주인공 이름은 '외팔이 웬세슬라오' 혹은 '외팔이 웬세슬라오 수아레스'였습니다. 외팔이 웬세슬라오는 편지 한 통을 받았습니다. 그는 점잖고 행실 바른 사람이었으며, 진짜 사나이였습니다. 이미 어느 정도 나이가 들었지만, 그는 자기 어머니와 함께 살았고, 열심히 일하는 근면한 사람이었지만, 그의 '자르는 기술(arte cisoria),'[191] 즉 칼 다루는 솜씨가 아주 대단하다는 사실은 익히 알려져 있었습니다. 그런데 어느 날 그에게 편지 한 통이 도착했습니다. 그는 편지를 가게로 가져갔습니다. 너무나 당연하게도 그는 글을 읽거나 쓸 줄 몰랐거든요. 편지는 아주 정중했습니다. 몇몇 사람 말에 따르면, 그 편지는 산타페에서 보낸 것이었습니다. 하지만 나는 이것이 부에노스아이레스 사람들의 자존심 때문이라고 생각합니다. 내 생각에는 다른 곳에서 왔을

190 부에노스아이레스에서 서쪽으로 약 160킬로미터 떨어진 지방 도시.(옮긴이 주)

191 먹을 것을 자르는 기술. 『자르는 기술』은 1423년 비에나의 후작인 아라곤의 엔리케가 쓴 책으로, 왕과 함께 먹을 때 음식을 자르는 기술을 아주 세세히 적은 글을 모아 놓은 것이다. 그 책은 음식을 자르는 데 사용하는 다양한 도구들과 그것들의 사용 방식부터 의전과 관련된 측면까지, 심지어 식사를 준비하고 시중드는 전문가들이 염두에 두어야 할 위생과 습관까지도 세세히 설명하고 있다.

가능성이 더 큽니다. 예를 들어 아술[192]에서 왔을 겁니다.
그곳은 치빌코이에서 꽤 멀리 떨어진 곳입니다. 알지
못하는 사람이 편지에서 말하는 내용은 그의 명성, 즉
수아레스의 명성이 자기 마을까지 전해졌으니, 언젠가
반드시 그를 찾아가 만나고 싶다는 것이었습니다.
그에게 약간 배우고 싶다는 말이겠지요, 그렇죠?
그러면서 자기는 아는 게 하나도 없다고 말했을 겁니다.
웬세슬라오는 기꺼이 그를 맞겠다면서 호의적으로
수락하는 답장을 보냈습니다. 내가 들은 어느 사람의
말에 따르면, 1년 정도 지났을 겁니다. 1년 후 알지
못하는 그 낯선 사내가 마을로 찾아왔습니다. 아주 멀리
떨어진 마을에서 왔음을 쉽게 알 수 있었습니다. 그가
타고 온 말의 안장이 다른 방식으로 얹혀 있었거든요.
이 낯선 사내는 외팔이 웬세슬라오를 만나러 갔습니다.
웬세슬라오는 그를 초대해 숯불에 구운 소고기를 먹고
술을 마셨습니다. 물론 웬세슬라오는 왜 그가 편지를
보내고서 자기를 찾아왔는지 이미 알고 있었습니다.
두 사람은 아주 다정하게 대화를 나누었습니다. 둘 다
상대방보다 목소리를 높이지 않았고, 서로가 상대방이

192 부에노스아이레스에서 서남쪽으로 약 300킬로미터 떨어진 곳에 있는 지방 도시.(옮긴이 주)

자기보다 뛰어나다고 치켜세웠습니다. 그게 바로 놀이의 한 부분이었던 겁니다. 마침내 다른 마을에서 찾아온 낯선 사내가 말합니다. “잠깐 주고받는 게 어떻습니까?” 상대방은 알아들었습니다. 그게 무슨 말인지 완벽하게 이해했지만, 거부할 수 없었습니다. 용감한 사내라는 자기의 명성을 지켜야 했기 때문입니다.

다른 사람, 그러니까 낯선 사내는 그보다 젊었고, 힘도 더 셌습니다. 두 사람은 싸우기 시작했습니다. 두 사람 모두 아주 노련했습니다. 낯선 사내는 ‘남도 사람’이었습니다. 당시에는 남쪽 사람들을 그렇게 불렀고, 그때까지도 그 말을 사용했거든요. 그 당시만 해도 어떤 사람에 대해 말할 때, ‘남도 사람’ 혹은 ‘북도 사람’이라고 불렀습니다. 남쪽 사람이라는 말은 한참 후에 사용됩니다. 부에노스아이레스 암흑가에서는 ‘남도 사람’ 혹은 ‘북도 사람’ 같은 표현을 사용했습니다. 남도 사람은 웬세슬라오의 팔에 심한 상처를 입혔습니다. 지쳐 있던 웬세슬라오는 상대방이 자기를 죽이려고 한다는 것을 알았습니다. 그때 일종의…… 그래요, 일종의 문학 창작을 할 때와 같은 생각이 떠올랐습니다. 일종의 영감이 떠오른 것이지요. 그 이야기에 따르면, 그는 뒷걸음질을 치고서, 다리로 자기 손을 밟아 손을 떼어냈습니다. 상대방은 싸움을 멈추는 척하다가 칼로 찔러 죽이려고 기다리고 있었는데, 그가 손을 떼어 내자 너무나 놀란 나머지 순간적으로 멍하니 있었습니다. 웬세슬라오는 그 틈을 이용했고, 그렇게 그 순간에 떠올린 멋진 생각으로 목숨을 구했던 것입니다.

에두아르도 구티에레스의 작품 중에 『검은 개미』라는 소설이 있습니다. 거기에도 아주 멋진 장면이 있는데, 이것을 썼을 무렵에 에두아르도 구티에레스는 가우초를 낭만적으로 다루려는 생각에 지쳐 있었습니다. 그는 그 작품에서 이야기하기를, 산타페에 있는 어느 가게에서 '검은 개미'라고 불리는 기예르모 오요와 유명한 산타페의 건달인 알보르노스가 만납니다. 두 사람 모두 상대방에게 분노나 원한이 없으며, 둘 다 유명합니다. 그들의 명성은 아무것도 덧붙일 필요가 없을 정도였습니다. 하지만 한 사람은 부에노스아이레스 사람이고, 다른 사람은 산타페 사람입니다. 이 두 사람은 이미 황소 두 마리가 정면으로 마주 보고 있으며, 따라서 누가 더 나은지 확인해야 한다고 느낍니다. 그 소설에는 아주 멋진 내용이 한 장 혹은 두 장에 걸쳐 서술되는데, 거기에서 알보르노스와 오요는 결투를 피하려고 노력합니다. 하지만 마침내 자기들의 열렬한 지지자들을 실망시킬 수 없다는 사실을 깨닫습니다. 그들은 결투를 기다리고 있습니다. 그래서 두 사람은 결투를 벌입니다. '검은 개미'가 그 소설의 주인공이기에 '검은 개미'는 산타페의 건달을 죽입니다.

또한 안무를 한 듯한 결투도 있습니다. 그것은 『후안 모레이라』에 수록되어 있는데, 후안 모레이라와 상대방의 싸움이었습니다. 상대방의 이름은 잘 기억이 나지 않습니다. 그런데 참으로 이상한 것은 아무도 이 결투를 발레로 만들려고 하지 않았다는 사실입니다. 그건 그렇고, 나바로라는 마을에서 선거가 치러집니다. 마을 패거리를 지키는 쪽, 그러니까 패거리를 이끄는 사람은 후안 모레이라입니다. 유명한 사람이지요. 그리고 마찬가지로 유명한 또 다른 가우초가 도착하는데, 그 사람 이름은 레기사몬입니다. 투표는 중지됩니다. 이 두 사람의 결투를 보는 게 훨씬 더 중요하기 때문입니다. 게다가 선거 결과는 두 사람 중 누가 이기느냐에 따라 달라집니다. 그것은 투표인들이 결투에서 이기는 사람을 반대하지 않을 것이기 때문입니다. 그래서 투표는 중지되고 결투가 시작됩니다. 이 길모퉁이에서 시작한다고 합시다. 두 사람은 마주 보고 있습니다. 왼팔은 판초를, 오른팔은 단도를 들고 있습니다. 두 사람 모두 매우 훌륭하고 노련한 칼잡이입니다. 그렇지만 모레이라가 레기사몬을 조금씩 뒷걸음질 치게 만듭니다. 그렇게 우리는 싸움을 일종의 느린 죽음의 춤처럼 느끼게 됩니다. 그리고 어느 정도 시간이 지납니다. 아마도 한 시간 정도 되었다고 말할 수 있을 겁니다. 그때 이미 레기사몬은 싸움을 시작했던 지점에서 물러난 상태입니다.

이 길모퉁이에서 시작한 싸움은 다른 길모퉁이에서 끝납니다. 한 시간에 걸쳐 그 블록을 돌며 싸웠기 때문입니다. 그러나 다른 길모퉁이에 도착할 무렵, 레기사몬은 정신적으로 이미 패배해 있었습니다. 상대방이 그를 한 블록이나 후퇴시켰기 때문입니다. 모레이라는 상처를 입었지만, 레기사몬의 배에 단도를 찔러 죽입니다. 그리고 말을 탑니다. 아주 천천히 말에 오릅니다. 마치 흑인을 죽인 후 말을 타는 마르틴 피에로 같습니다. 그런데 말을 타고 출발할 찰나, 한 가지 잊어버리고 있던 것을 떠올립니다. 이 잊어버린 것은 연극처럼 일부러 꾸민 것일 수도 있습니다. 그렇지 않을까요? 그는 자기가 상대방의 몸에 칼을 꽂아 두었다는 사실을 깨닫습니다. 그러자 경사에게 다가가서 그가 굴욕을 느끼도록 이렇게 말합니다. "부탁 하나

들어주겠소? 저 칼을 좀 갖다주시오." 그러자 경사는 용을 쓰면서 그 무기를 빼냅니다. 모레이라의 것이기에 자기에게 전혀 소용없는 그 무기를 말입니다. 그리고서 그것을 모레이라에게 건네줍니다. 모레이라는 말을 탄 채 그에게 감사를 표합니다. "고맙소, 당신은 정말 친절하고 정중한 사람이오." 이런 말로 그에게 더 굴욕을 주고서, 모레이라는 그곳을 떠납니다.

그럼 이제 다시 내 단편 소설 「장밋빛 모퉁이의 남자」로 돌아가겠습니다. 나는 그렇게 착상했었습니다. 그러니까 낯선 사람이 도착해서, 그 지역의 건달에게 도전하고, 그 지역의 건달은 그 도전에 응하지 않고 칼을 던져 버린다는 이야기를 쓰겠다고. 그건 그가 겁쟁이이거나—하지만 이건 이 단편 소설을 쓴 이후에 생각했습니다—결투와 칼싸움으로 점철된 삶이 어리석은 것임을 깨닫기 때문이지요. 그렇지 않을까요? 그리고 그런 싸움에 목숨을 걸 필요가 없다는 것을 알고 있기에 그는 떠나지만, 굴욕을 당한 채 떠납니다. 그런데 그 이야기를 들려주는 한 청년이 있습니다. 그리고 이야기가 끝날 무렵에 내가 갖고 있던 세 번째 구성 요소가 등장하는데, 그건 그 이야기를 하는 청년이 이방인, 그러니까 낯선 남자를 죽인 사람이라는 사실이 알려진다는 것입니다. 청년은 잠시 나갔다가 돌아옵니다. 그리고 문을 두드리고서 들어옵니다. 곧 이방인이 상처를 입고 도착합니다. 그리고 작품 끝에서 그 청년이 이방인을 죽였다는 사실이 밝혀집니다. 그러고서 나는 내가 꾸며낸 이 이야기가 다른 문학 창작품처럼 이미 다른 사람들이 만들어 냈다는 사실을 깨달았습니다. 체호프의 작품에도 그런 소설이 있고, 애거서 크리스티도 그런 작품을 썼다는 것을 알게 되었는데, 이것들은 바로 그런 놀라움, 그러니까 화자, 즉 우리가 용의자로 제외하는 사람이 살인자가 되는 구조에 바탕을 두고 있습니다. 이 단편 소설의 마지막 말은 대략 다음과 같습니다. “보르헤스 씨, 그러자 나는 칼을 씻었고, 그 칼은 아무 죄도 없는 순진한 새 칼 같았어요.”[193]

그래서 우리는 그가 다른 사람을 죽인 사람이라는 것을 알게 됩니다. 이 모든 것을 알고 있는 사람은 겁쟁이 같았던 옛날 건달의 아내지요. 이제 그녀는

193 단편 소설 「장밋빛 모퉁이의 남자」의 마지막은 다음과 같다. “보르헤스 씨, 그래서 나는 다시 짧고 날카로운 단도를 꺼냈어요. 나는 여기에, 그러니까 조끼의 왼쪽 겨드랑이 아래에 넣고 다닌다는 사실을 알고 있었어요. 그리고 다시 한 차례 천천히 점검했는데, 마치 아무 죄도 없는 순진한 새 칼 같았고, 피 한 방울도 묻어 있지 않았어요.”

그를 자기 남자로 받아들입니다. 그런 분위기, 그러니까 원시적인 분위기에서 찾는 것은 그것이기 때문입니다. 거기서 찾는 것은 여자를 지켜 주고 보호해 줄 수 있는 남자인데, 이미 그 청년은 그런 행동으로 매우 남자답다는 것을 증명했기 때문입니다.

이렇게 나는 다시 탱고라는 주제로 돌아왔습니다. 그런데 내가 제대로 강연했는지 확신이 서지 않습니다. 「탱고」[194]라는 시가 있는데, 이렇게 시작합니다.

> 그들은 어디에 있을까? 이제는 존재하지 않는
> 사람들의 비가(悲歌)가 묻는다, 마치
> 어제가 '오늘'과 '아직'과 '지금까지'일 수 있었던
> 지역이 있는 것처럼.

다시 말하면, 과거가 단순히 시간이 아니라 공간 속의 장소에 있는 것처럼, 그들은 어디에 있을까, 라고 묻습니다. 그러고서 말합니다.

> 어디에 있을까? 나는 되뇐다. 먼지 이는

194 보르헤스의 시 「탱고」는 잡지 《남쪽》(No. 23, 1958년 7~8월)에 처음 발표되었고, 이후 『타자, 동일인』(1964)에 수록되었다.

뒷골목에 혹은 외딴 마을에
단도와 용기로 살았던 사람들이
세웠던 암흑가의 세계가 어디에 있을까?

그런 다음 나는 이름 없는 그 모든 사람을, 조국의 여러 장소에서 죽은 그 모든 사람을 생각합니다. 그러나 의심의 여지 없이 그런 부류는 수많은 곳에 있습니다. 그러고서 나는 이들에 대해 말합니다.

코랄레스와 발바네라 동네의
용기 있는 싸구려 인간들.

코랄레스는 항상 다른 동네보다 뛰어났습니다. 팔레르모의 옛 친구인 파레데스를 다시 떠올리겠습니다. 그들이 항상 자기 동네에 대해 말했지만, 또한 남쪽과 코랄레스[195]에 관해서도 말했던 것이 기억납니다. 반면에 다른 곳은 전혀 언급하지 않았지요. 발바네라에 대해 말하자면, 그러니까 온세 동네 근처 혹은 다소 멀리 떨어진 곳일 수도 있는데, 그곳은 오래전에

195 부에노스아이레스의 옛 동네로 지금의 파트리시오 공원에 해당한다.

아주 사납고 용감한 동네였습니다. 너무나 그랬기에, 그루삭[196]은 알렘[197]을 다소 비웃으면서 그를 '발바네라의 로베스피에르'라고 불렀습니다. 그건 마치 변두리의 로베스피에르라고 부르는 것과 똑같았지요. 그루삭은 그가 의회에서 연설할 때도 몸짓과 예전에, 그러니까 발바네라 동네 한가운데에서 사용하던 어휘를 조금 누그러뜨렸을 뿐이라고 말합니다. 그는 바로 그 동네 한가운데서 치러진 선거로 유명해졌는데, 직설적인 화법으로 치열하고 용감하게 행동했기 때문입니다.

이 경우와는 상충하는데, 나는 발바네라 동네에서 태어난 마세도니오 페르난데스의 말을 떠올립니다. 나와 나이 차이가 상당한데도 그는 자기에게 편하게 말하라고 했습니다. 그래서 나는 그에게 말했습니다. "마세도니오 씨, 말해 주세요. 정말로 발바네라 동네 한가운데에서 치러진 선거가 그토록 치열했나요?"

196 폴프랑수아 그루삭(Paul-François Groussac, 1848~1929). 프랑스에서 태어나 아르헨티나에서 활동한 작가이자 역사가, 문학 비평가. 보르헤스와 마찬가지로 실명한 상태로 아르헨티나 국립 도서관 관장을 역임했다.

197 레안드로 N. 알렘(Leandro N. Alem, 1842~1896). 발바네라 동네에서 태어난 아르헨티나의 정치인이자 변호사, 혁명가. 급진 시민 연합을 창설했으며, 두 번에 걸쳐 무장 반란을 이끌었다.(옮긴이 주)

그러자 마세도니오는 잠시 생각에 잠기더니,
대답했습니다. "그래, 발바네라 동네 사람인 우리는 모두
그 선거에서 죽었거든."

이 말을 하고서 나는 생각합니다. 그 용기, 그 행복,
용감함 속에서 자신을 찾으려는 행위, 낯선 사람들에
대한 그 도전은 어디에 있을까요? 우리 시대와 너무나도
다른 이런 모든 것은 어디에 있을까요? 나는 그 죽은
사람들이 탱고 속에 살아 있다고 말합니다. 나는
「엘 초클로」, 「엘 포이토」, 「일곱 마디」, 「엘 아파체
아르헨티노」, 「엘 쿠스키토」 같은 탱고를 들으면서
우리는 그 용기의 행복을 만끽한다고 말합니다.

그러고서 나는 "힘들면서도 집요한 기타 줄"에 대해
말합니다. 기타가 항상 힘들고 노력하는 인상을 주기
때문입니다. 그것은 "행복한 밀롱가에서 축제와 순수한
용기를" 이야기합니다. 그런 다음에 말합니다.

그 죽은 자들은 탱고 속에서 살고 있다.

그 사람들이 죽었는지 아닌지는 중요하지
않습니다. 우리는 오래된 옛 탱고를 들으면서,
용감할 뿐만 아니라 — 이건 아스카수비의 시에서도

그렇습니다—또한 기뻐하면서도 용감한 사람들이 있다는 것을 알게 됩니다.

그런 다음 나는 탱고가 우리 모두에게 상상의 과거를 주며, 탱고를 들으면서 우리가 모두 마술에 걸린 것처럼 '변두리의 길모퉁이에서 싸우다가 죽었다'고 느낀다고 말합니다.

그러니까 내가 말한 모든 것을 요약하자면 탱고는, 아니 무엇보다도 밀롱가는 행복의 상징이었습니다. 이것이 영원할 것이라 추측하면서, 나는 아르헨티나의 정신 속에는 무언가가 있다고, 때때로 무명이기도 한 그 서민들이, 그 변두리의 작곡가들이 구해 낸 무언가가 있으며, 그 무언가는 곧 돌아올 거라고 믿습니다. 다시 정리하자면, 탱고를 연구하는 것은 헛되고 소용없는 행위가 아니라, 아르헨티나 영혼의 다양한 변화와 변천을 조사하고 분석하는 것입니다. 이제 나는 이렇게 강연을 끝맺습니다. 끝까지 인내심을 갖고 들어 주셔서 감사합니다. 그런데 지금 여러분들에게, 그리고 무엇보다도 내게 깜짝 선물이 준비되어 있다고 합니다. 그것은 지금 여기에 낭송자가 있다는 소식입니다. 그런 다음 우리는 지난번과 마찬가지로 가르시아 선생님의 연주를 듣게 될 것입니다. 가르시아 선생님은 연대순으로, 그리고 나보다 훨씬 나은 방식으로 탱고의 다양한 감정적 변화를 들려줄 것입니다.

하신토 치클라나의 밀롱가

나는 기억한다. 발바네라의
머나먼 밤이었다.
누군가가 하신토 치클라나라는
사람의 이름을 떨어뜨렸다.

또한 길모퉁이와 단도에 대해서도
뭐라고 말했었다.
세월이 흐르면서 우리는
결투와 칼날의 빛을 보지 않는다.

내가 왜 그 이름을 찾아다니는지
누가 그 이유를 알까!
나는 그 남자가 어떻게 되었는지
알고 싶다.

나는 정중한 영혼의, 키가 크고
완전무결한 그를 그려 본다.

목소리를 높이지 않고
목숨을 걸 수 있는 그를.

그 누구도 그토록 의연한 걸음으로
이 땅을 밟지는 못했으리라.
아무도 사랑과 전쟁에서
그와 같은 사람은 없으리라.

과수밭과 마당 위로
발바네라의 탑과 그 어떤
길모퉁이에서도 일어나는
예기치 않은 죽음.

나는 그 어떤 특징도 보지 못한다. 나는
누런 가로등 불빛 아래로
남자들 혹은 그림자들이 부딪치는 모습과
그 독사 같은 놈과 단도를 본다.

아마도 그 순간,
그의 몸에 상처가 나는 그 순간,
그는 사나이라면 출발을 미루지

않는 것이 좋다고 생각했다.

오로지 하느님만이 그 남자가
얼마나 믿을 수 있는지 아실 것이다.
여러분, 나는 그 이름에서
중심이 되는 것을 노래한다.

모든 것 중에 이 지상의
그 누구도 후회하지 않는 것이
하나 있다. 그건
용감했다는 것이다.

항상 용기는 최고이고,
희망은 절대 헛되지 않다.
그래서 하신토 치클라나를 위해
이 밀롱가를 노래한다.

탱고

그들은 어디에 있을까? 이제는 존재하지 않는
사람들의 비가(悲歌)가 묻는다, 마치
어제가 '오늘'과 '아직'과 '지금까지'일 수 있었던
지역이 있었던 것처럼.

어디에 있을까? 나는 되뇐다. 먼지 이는
뒷골목에 혹은 외딴 마을에
단도와 용기로 살았던 사람들이
세웠던 암흑가의 세계는 어디에 있을까?

서사시에 하나의 일화와 동시에
하나의 이야기를 남기면서 지나간,
그리고 증오나 이해관계, 혹은 사랑의 열정 없이
칼싸움을 벌인 그 사람들은 어디에 있을까?

나는 그들을 전설 속에서 찾는다.
몽롱한 장미처럼 코랄레스와 발바네라 동네의

용기 있는 싸구려 인간들의 무언가를 간직한
마지막 잉걸불 속에서 찾는다.

어느 어두운 뒷골목 혹은
어느 또 다른 세계의 황무지에
어두운 그림자였던 무라냐의 냉혹한
그림자인 그 팔레르모의 칼이 있을까?

그리고 (성인들이 불쌍히 여기는)
죽을 운명의 그 이베라는? 어느 철교에서
자기보다 더 많은 사람을 죽인 동생 냐토를
죽였고, 그렇게 같은 숫자를 죽였던 그는?

단도의 전설은 서서히
망각 속에서 사라지고,
무훈시는 지저분한 사회면
소식 속에서 사라졌다.

또 다른 잉걸불이 있다, 그들을 온전하게
간직한 재로 만든 활활 타는 장미가 있다.
교만한 칼잡이들과 말 없는 단도의

힘이 바로 거기에 있다.

냉담한 단도와 또 다른 단도인 시간으로
그들은 흙탕 속에서 사라졌지만,
오늘날 시간과 불행한 죽음을 넘어
그 죽은 자들은 탱고 속에서 살고 있다.

그들은 음악에, 힘들면서도
집요한 기타 줄에 있다.
그건 행복한 밀롱가에서 축제와
순수한 용기를 이야기한다.

회전목마의 노란 원반이 구멍 속에서
돌아가고, 나는 골목길에서 춤추는 것을 보았던
아롤라스[198]와 그레코[199]의
그 탱고의 메아리를 듣는다.

198 에두아르도 아롤라스(Eduardo Arolas, 1892~1924). 아르헨티나의 탱고 작곡가이자 반도네온 연주자. '반도네온의 호랑이'라는 별명으로 널리 알려진 탱고의 전설적 인물이다.(옮긴이 주)

199 비센테 그레코(Vicente Greco, 1886~1924). 탱고 작곡가이자 반도네온 연주자. '늙은 파수꾼' 시기를 대표하는 사람 중의 하나이다.(옮긴이 주)

오늘, 이전도 이후도 없이 홀로
모습을 드러낸 이 순간, 그 메아리는
망각과 맞서 잃어버린 것의 맛,
잃어버렸다가 되찾은 것의 맛을 간직한다.

기타 줄에는 오래된 것이 있다.
바로 또 다른 마당과 희미한 포도 덩굴.
(의심쩍은 벽 뒤로 남쪽 동네에는
비수와 기타가 있다.)

그 섬광, 그 탱고, 그 악마의 짓은
너무나도 바쁜 세월에 도전한다.
먼지와 시간으로 이루어진 인간의 삶은
가벼운 선율보다 더 짧다.

그 선율은 그저 시간일 뿐. 탱고는 수상하고
비현실적인 과거를 만들고, 변두리의
길모퉁이에서 싸우다가 죽었다는 있을 수 없는
기억은 어느 정도 사실이 된다.

옮긴이의 말

보르헤스, 탱고 강연을 통해 자기의 참모습을 드러내다

1. 보르헤스, 탱고를 통해 용감함을 찬양하며 즐기다

1965년 10월 4일 월요일, 부에노스아이레스의 헤네랄 오르노스 거리 82번지 건물 1층 아파트 1호에서 어떤 사람이 강연을 녹음하려고 준비한다. 연사 호르헤 루이스 보르헤스의 부탁 때문인지, 아니면 그가 자발적으로 준비하는 것인지는 몰라도, 오픈릴 테이프로 녹음 준비를 하는 그는 자기가 아주 중요한 자료를 기록한다는 걸 몰랐을 것이다. 그 사람은 그해 10월 매주 월요일에 열린 보르헤스의 탱고 강연을 모두 네 번 녹음하게 된다. 그 사람이 없었다면, 보르헤스가 들려준 탱고 이야기는 단지 그 네 번의 강연을 들을 수 있었던 소수의 사람만 누린 호사로 남았을 것이다.

이 귀중한 자료는 37년 동안이나 망각 속에 묻혀 있다가 2002년에 우연히 바스크 소설가인 베르나르도 아차가의 손에 들어간다. 그리고 그 강연이 정말 있었는지, 그 테이프에 담긴 목소리가 정말 보르헤스의 것인지 확인한 끝에, 아차가가 그 테이프를 처음 들은 지 14년이 지난 2016년에야 한 권의 책으로 출간된다. 보르헤스의 명성을 생각하면 도저히 있을 수 없는 일 같지만, 그가 태어난 지 117년이 되고, 세상을 떠난 지 30년이 되어서야 비로소 빛을 보게 된 것이다.

유고 강연집 『탱고』의 가치는 세계적인 작가의 이름이 보여 주는 것에 국한되지 않는다. 또한 50년이 지난 후에야 잊혀 있던 그의 강연이 출간되었다는 데에 있는 것도 아니다. 이 책의 중요성은 핵심적인 주제인 탱고에 있다. 그리고 우리가 연상하는 것과 다른 보르헤스의 얼굴을 보여 준다는 데 있다. 보르헤스는 이 두 핵심을 다음과 같은 말로 표현한다. "탱고는 밀롱가에서 탄생하고, 처음에는 씩씩하고 활발하며 행복한 춤이었습니다. 그러고서 탱고는 기운을 잃고 슬퍼집니다." 그는 이렇게 향수로 가득한 음악이 되면서, 탱고는 자기가 그토록 좋아했던 원래의 기질을 상실했다고 주장한다.

보르헤스는 책의 세계 속에 파묻혀 지내면서 철학이나 문학 등 지적이고 정적인 세상에 함몰되어 있었을 것 같지만, 초기 탱고 혹은 밀롱가에서 구현된

'용기의 행복'도 매우 즐겼다. 반면에 우수와 고통을 노래하는 구슬픈 탱고는 싫어했다. 그래서 무엇보다 탱고의 황제라는 카를로스 가르델의 음악도 싫어했다. 특히 1920년대부터 춤과 음악에 연기가 가미되었던 탱고를 증오한다. 널리 알려진 보르헤스의 이런 입장은 이 강연에서도 분명하게 드러난다. 이런 이유로 보르헤스가 탱고를 싫어했다고 주장하면서, 그것은 탱고가 '못된 집,' 즉 사창굴에서 유래했기 때문이라고 주장하는 비평가도 종종 있었다.

보르헤스에게 탱고는 중요하다. 그것은 바로 용감함과 즐거움 때문이다. 이것이 바로 '못된 집'에서 추던 춤의 특징이었다. 다시 말하면, 부에노스아이레스의 사창굴이나 유곽에서 추던 춤의 특징이었다. 19세기 말에는 그런 곳에서 밀롱가를 추었는데, 그 밀롱가의 생동적인 음악에서 탱고가 파생한다. 그래서 보르헤스는 탱고가 처음에는 씩씩하고 활발하며 행복한 춤이었지만, 이후 기운을 잃고 슬퍼진다고 지적한다. 그리고 가르델이 탱고 가사를 가지고 짧고 극적인 장면을 만들었는데, 여자에게 버림받은 남자가 탄식하는 장면이 대표적이라고 말한다. 카를로스 가르델은 세계적으로 탱고를 널리 알린 대표적인 인물이지만, 보르헤스는 작가의 관점으로 바라보면서, 배우이자 가수인 가르델은 탱고에 관능과 슬픔이 지배하게 했을 뿐이라고 평가절하한다.

지성과 형이상학을 추구하는 보르헤스가 가장 흥미를 보이며 높이 평가한 존재는 의외로 콤파드레의 한 종류인 '건달'이다. 그는 기꺼이 자기 목숨을 걸 수 있는 용기 있는 사람이다. 그에게는 이유가 중요하지 않다. 그래서 그는 공격적이고 용감하다. 보르헤스는 이런 인물이 존재했다는 사실을 높이 평가한다. 가난하고 매일 힘들게 살아야 했지만, 이 건달이 가장 중요하게 여긴 덕목이 용기였고, 그것은 종교와 같았다. 변두리의 먼지 이는 흙길에서 단도를 가지고 죽을 때까지 싸우며 실천한 종교였다. 보르헤스는 이런 칼잡이들의 결투를 영웅 서사시로 보았다. 그것은 그들의 용기가 사리사욕에 기인한 것이 아니기 때문이었다. 그들은 사랑이나 권력 또는 이익을 취하려고 싸우지 않았다. 그들은 힘든 삶을 살았지만 강인했고, 거드럭거리며 싸우는 기쁨을 느낄 용기가 있었다.

2. 탱고를 통해 드러나는 보르헤스의 다양한 얼굴

『탱고』를 읽으면서, 우리는 그가 부드럽고 슬프며 향수 어린 것보다 '무모한' 용기를 찬양한다는 것을 알 수 있다. 여기서 우리는 짓궂고 장난기 가득하고, 겸손하면서도 냉소적인 보르헤스를 떠올릴 수 있다. 그는 해박하면서도 때때로 대중적인 유머를 혼합해서 말하고, 시를 낭송하기도 하며, 밀롱가나 초기 탱고를 흥얼거리기도 한다. 또한 엄한 비평가로서 가르델의 명성에 의문을 던지면서 그가 탱고를 왜곡했다고 비판도 한다. 또한 어느 대목에서는 탱고의 기원에 관해 숨겨진 이론을 세우면서, 초기 탱고는 변두리에 사는 가난한 사람들의 것이라서 싸움투였고, 이후 보카 지역의 이탈리아 사람들이 사는 동네에서 슬퍼졌다는 의견을 반박한다.

탱고가 사창굴에서 유래한 것은 분명하지만, 거기에는 비천한 출신인 콤파드레도 있고, 유흥을 즐기는 '부잣집 도련님'들도 있었다. 다시 말하면, 가난한 사람들의 전유물이 아니었다는 것이다. 또한 보르헤스는 플루트, 바이올린, 피아노 같은 전혀 서민적이지 않은 고급스러운 악기로 탱고가 연주되었으며, 탱고가 변두리에 사는 콤파드레의 것이었다면, 악기 역시 당연히 대중적인 악기인 기타였을 것이라고 확신한다. 이렇게 주저하지 않고 자기 의견을 용감하게 개진하는 보르헤스 역시 우리가 상상하는 겸손하고 교양 있는 모습과는 거리가 있다.

보르헤스는 분명 탱고를 좋아했다. 그러나 그가 좋아한 탱고는 '늙은 파수꾼'이라고 불리던 시대의 탱고다. 어렸을 때 들었던 그 노래들은 전혀 애처롭지 않았고, 오히려 즐겁고 행복하며 짓궂었다. 그 시기의 탱고에는 가사가 없거나, 혹은 있다고 하더라도 입에 올리기 부끄러울 정도로 저속했다. 여기서 우리는 보르헤스가 그런 가사를 읊조리면서 살며시 미소 짓는 모습을 상상해 볼 수 있다.

보르헤스의 강연은 특징이 있다. 그는 무언가에서 출발하여 그것을 확장하고 다른 곳을 향해 나아간다. 자기의 거대한 기억을 이야기하면서, 우선 자기가 직접 경험한 것을 들려주고, 그런 다음 자기가 쓴 것을, 그러고는 읽은 것을 말한다. 그래서 강연이라기보다는 '대담'에 가깝고, 종종 처음에 제시한 주제에서 벗어나기도 한다. 그에게 탱고는 아르헨티나 정신의 다양한 변화와 변천을 연구하는 것과 동의어지만, 동시에 세상에 대해 말하기 위한 구실이기도 하다.

예를 들어 그는 '사나운 시절'이라고 불리던 20세기 초에 한 여자 때문에 칼싸움을 벌인 유명한 살인자들을 이야기하면서, 그 여자가 육체적으로 쇠퇴했다고 무자비하고 매몰차게 말한다. 그러고서 지금은 평화의 시기인데도 우리는 살인, 강도, 방화, 거금 횡령 등 '사나운 시절'보다 훨씬 더 폭력적이고 흉포한 시기를 살아가고 있다고 지적한다. 여기서 우리는 학구적이면서 동시에 짓궂고 비판적인 그의 표정을 떠올릴 수 있다.

보르헤스 문학을 말할 때면 우리는 흔히 시간, 기억, 미로, 거울, 도서관, 백과사전, 나침반 등의 주제를 떠올린다. 이런 것들과 더불어 그는 환상과 형이상학을 이용하여 새로운 우주를 창조하는 데 성공하고, 이 우주를 통해 우리가 당연하다고 생각하는 진리들의 어두운 영역을 찾아내어 기존의 질서를 전복시킨다. 그렇게 보르헤스는 합리주의적이며 과학주의적 세계관을, 영원불변의 진리를 대표하는 '과학적 확실성'을 붕괴시킨다. 보르헤스 덕택에 현대 사회는 진리라는 이름으로 수용되거나 이성적으로 포장된 모든 것이 결국은 인간이 만들어 낸 또 다른 허구임을 깨닫게 되는 것이다.

『탱고』에서는 이런 거창한 의미가 아니라, 변두리를 정처 없이 돌아다니는 보르헤스, 변두리에 사는 서민인 '콤파드레'와 친하게 지내는 보르헤스, 용기와 용감함을 찬양하는 보르헤스, 씩씩하고 활발하면서 저속한 가사의 초기 탱고를 읊조리는 보르헤스, 짓궂고 장난기 가득한 보르헤스, 겸손하면서도 냉소적인 보르헤스가 보인다. 어쩌면 그것이 바로 보르헤스의 진짜 모습일지도 모르며, 그 모습은 박학다식한 작품을 쓰고, 깊은 생각에 잠기며, 읽거나 쓰고, 모래시계와 지도, 18세기의 활판 인쇄와 어원학 사전을 좋아하며, 커피 맛을 즐기고 스티븐슨의 산문을 음미하는 보르헤스와는 사뭇 다르다.

보르헤스가 말하듯이, 탱고는 아르헨티나를 상징하는 중요한 단어다. 이것은 보르헤스가 백과사전적 지식과 보편적 성향으로 유명한 것과 달리, 지역적인 것에도 관심이 많았음을 보여 준다. 또한 그는 탱고를 이야기하면서 자신의 작품을 설명하기도 한다. 그래서 탱고는 20세기 아르헨티나의 정신을 대표할 뿐만 아니라, 보르헤스의 정신과 그의 작품을 형성하는 핵심 요소라고 말할 수 있다. 그가 『아르헨티나 사람들의 언어』나 『에바리스토 카리에고』 같은 초기 저작물에서 탱고를 꾸준히 언급하고, 1965년에 피아졸라와 함께 「탱고」라는 이름의 음반을 발매하며, 그의 이름으로 출간된 마지막 작품이 유고 강연집 『탱고』인 것은 우연이 아닌 것이다.

옮긴이 송병선

한국외국어대학교 스페인어과를 졸업했다. 콜롬비아 카로이쿠에르보 연구소에서 석사 학위를, 하베리아나 대학교에서 문학 박사 학위를 취득하고 전임 교수로 재직했다. 현재 울산대학교 스페인중남미학과 교수로 재직 중이다. 지은 책으로 『보르헤스의 미로에 빠지기』 등이, 옮긴 책으로 『픽션들』, 『알레프』, 『거미여인의 키스』, 『콜레라 시대의 사랑』, 『말하는 보르헤스』, 『썩은 잎』, 『내 슬픈 창녀들의 추억』, 『모렐의 발명』, 『천사의 게임』, 『꿈을 빌려드립니다』, 『판탈레온과 특별 봉사대』, 『염소의 축제』, 『나는 여기에 연설하러 오지 않았다』, 『족장의 가을』, 『청부 살인자의 성모』 등이 있다. 제11회 한국문학번역상을 수상했다.

탱고

1판 1쇄 찍음 2024년 2월 28일
1판 1쇄 펴냄 2024년 3월 12일

지은이 호르헤 루이스 보르헤스
옮긴이 송병선

발행인 박근섭 박상준
펴낸곳 (주)민음사

출판등록 1966. 5. 19. 제16-490호
주소 서울시 강남구 도산대로 1길 62(신사동)
강남출판문화센터 5층 (우편번호 06027)

대표전화 02-515-2000
팩시밀리 02-515-2007
홈페이지 www.minumsa.com

ISBN 978-89-374-2798-5(03800)